내가 좋아하는 것들,
드로잉

KB208605

황수연 지음

내가 좋아하는 것들,
드로잉

004

스토리닷

차례

시작점

무슨 마음이었을까. 어느 날들처럼 아침 시간을 보내고 테이블에 앉아 늘 가지고 다니던 손바닥만 한 노트와 펜을 꺼내서 갑자기 그림을 그리기 시작했다. 새하얀 종이가 두렵지도 않았고 망치면 어쩌나 하는 걱정도 없었다.

잘 그리고 싶은 마음도, 다 그린 뒤에 누군가에게 보여주려는 마음도 없었다. 나의 행동은 정말 순수하게, 아무 계산도 없는 '그리는 행위' 그 자체였다. 그날따라 어떤 이유로 늘 글을 끄적거리던 노트에 선을 더듬더듬 그어 나갔는지, 지금에 와 짐작해본다. 그저 '그리고 싶다'는 단순하고 본능적이며 군더더기 없는 마음이 나를 이끌었을 것이다.

그날은 늘 다니던 아침 산책길에 원숭이들에게 줄 바나나를 샀다. 당시 나는 네팔의 수도 카트만두, 그중 스와얌부나트라는 동네에 있었다. 오래된 사원이 유명해서 여행객들이 많이 찾는 곳이었는데 야생 원숭이들이 사원 주변에 많이 나타나 또 다른 볼거리를 주었다.

처음 네팔여행 때 사원을 구경하며 천천히 걷는 중에 누군가 내 짐을 확 당겨서 화들짝 놀란 적이 있다. 먹음직스러워 보여 길에서 샀던 귤 봉지를 원숭이가 노린 것이었다. 봉지를 뺏기고 너무 놀라서 어안이 벙벙한 내 옆에서 태연하게 귤을 까먹던 원숭이. 주변에 있던 네팔 사람들은 그 모습을 보며 익숙하다는 듯 웃을 뿐이었다.

그로부터 1년 후 나는 여행했던 그 동네에서 얼마간 지내고 있었다. 산책을 나가면 늘 한 바퀴만 돌곤 했는데 그날은 거리에서 광주리에 바나나를 팔고 있는 아주머니에게 바나나를 샀다. 상품성이 조금 떨어져 커다란 광주리 하나 가득 우리 돈 천 원이었다. 사원 주변에 사는 원숭이들을 위한 먹이였다.

아주머니는 상태가 좋지 않은 바나나를 팔 수 있어 좋고, 원숭이들은 배불러 좋고, 그것을 사서 원숭이에게 주는 사람은 '보시'를 통해 덕을 지을 수 있어 좋은, 1석3조였다. 아주머니는 광주리를 어깨에 메고 우리 일행과 함께 걸으며 모여드는 원숭이들에게 바나나를 던져 주었다. 크고 작은 원숭이들이 능숙하게 껍질을 까고 바나나를 오물오물 먹는 모습에 산책길이 한층 풍성해진 것 같았다.

테이블에 앉아 그 아침에 찍은 사진을 들여다보다가 갑자기 뭐에 홀린 듯 그림을 그린 것이다. 원숭이에게 바나나를 건네는 아주머니의 사진에 마음이 끌렸다. 겨울이라 털모자를 쓴 아주머니, 체크무늬 점퍼, 치마처럼 무릎까지 내려온 네팔 전통 의상인 꾸르따, 가방처럼 옆으로 멘 광주리, 손에는 바나나를 들고 있는 모습이 그리고 싶은 욕구를 불러 일으켰다.

벌써 수 년 전 일이지만 그때 사진을 들춰보지 않고도 그 모습을 세세하게 기억할 수 있다. 그날의 드로잉이 내게 시작점이라는 특별한 의미로 다가왔기 때문이다. 내가 지금까지 꾸준히 그림을 그리게 한 우연한 시작점.

'언제부터 그림을 그려왔나요?'라고 미술에 전념한 기간을 묻는 질문에 '너무 어릴 때부터 늘 그렸기에 기억나지 않는다'고 답하는 그림 작가들을 여러 명 보았다. 인생이 그림이고 그림이 인생인, 늘 그림 속에 있던 그 사람들과는 거리가 멀지만 나도 어려서부터 대학까지 학교 미술 시간에 다양한 활동들을 해왔다. 그러니 내 인생에서 그날 그림이 첫 그림은 아니었다. 그런데도 그날을 시작점이라 여기게 된 이유는 무엇일까?

그건 바로 아주 어렸을 때 느꼈음직한, 그리는 과정에서 순수한 즐거움을 맛보았기 때문이다. 그저 그리고 싶어 그린 것이기에 가능한 일이었다. 또한 그렇게 별 생각 없이 그린 그림이 꽤 마음에 들었다. 화려한 기술도 없고 실물과 정확하게 맞아 떨어지지도 않는 엉성한 그림이 나름의 느낌있는 그림으로 다가왔다. 내 안의 잠재력을 보았다고나 할까(자신에 대한 긍정적 마인드는 예술에 도움이 된다). 그 때문인지 이번 한 번으로 그치지 않고 다음에도 그림을 그리며 즐거운 시간을 보내고 싶었다.

어떤 대상을 보고 그림으로 그려 보고 싶다는 마음이 든 것이 얼마 만이었나. 모르긴 몰라도 족히 몇 년 만이었을 것이다. 그림을 감상하는 것은 좋아했지만 내가 직접 그리는 것엔 그다지 뜻을 두지 않았다. '나는 그림을 못 그리는 사람'이라 생각하며 살아왔기 때문이다.

평소 미술 전시회 감상을 즐겼고, 미술가와 그들의 재능을 동경했다. "난 다시 태어나면 그림 잘 그리는 사람으로 태어나고 싶어." 그리 말할 정도로, 정말 닿고 싶지만 닿지 않아 애틋함까지 느꼈다. 미술은 나와 거리가 먼 영역이니 바깥에서 우러러볼 뿐 그 안으로 들어갈 일은 없었다.

그림은 타고난 사람들, 어려서부터 연필을 들면 사람들이 감탄할 만한 그림을 척척 그려내고, 눈앞에 있는 사물이나 풍경을 기가 막히게 똑같이 옮겨내는 그런 사람들만 그릴 수 있는 것이라 생각하곤 했다. 미술관에서, 나는 감히 상상도 할 수 없는 엄청난 세계를 표현한 작품 앞에 서면 감탄하고 감동하고 또 가슴이 아렸다.

그런 작품을 만난 것이 기쁜 동시에 끓어오르는 질투가 느껴졌다. 이런 재능을 갖고 작품을 지으며 사는, 얼굴도 모르는 작품 너머의 작가가 너무나 부러워서 샘이 났다. 하늘의 선택을 받은 소수만이 그런 삶을 살 수 있는 것이라 생각했다.

하지만 시작점이 된 그날 이후 나는 지금까지 그림을 그리고 있다. 미술 교육은 학교에서 받은 게 전부였고 별다른 이론이나 요령 없이 이 길을 걸어왔다. 그야말로 맨 땅에 헤딩하듯 하루하루 시간을 쏟는 것밖에 다른 방법이 없었다.

몇 년의 시간이 흐른 지금은 어떨까. 여전히 전문 지식도 없고 자로 잰 듯 정확하게 그리는 방법도 모른다. 대신 미술에 대한 이론적 지식이 없는 사람도 그리고 싶은 마음만 있으면 그릴 수 있다는 것을 알았다. 사진처럼 실물을 정확히 옮기는 그림도 있지만 실제와 달라서 보기 좋은 그림도 있다는 사실을 깨달았다. 세상에 못 그린 그림은 없다.

성공한 그림, 실패한 그림

초등학교 고학년 어느 미술 시간이었다. 시간은 자꾸 흐르는데 뭘 그려야 할지 몰라 고민만 하고 있는 내가 교실에 앉아 있다. 친구들은 대부분 앞에 놓인 도화지를 조금씩 채워 나가고 빠른 친구들은 이미 스케치를 끝내고 채색을 하려고 물통의 물을 뜨러 교실을 들락날락하고 있었다. 시간이 흐를수록 초조함은 커지고 머릿속은 하얘졌다. 정해진 시간 안에 그려 내야 한다는 압박감에 뭐라도 그려야겠다 마음먹었다.

'언니들이랑 윷놀이했던 걸 그리자. 윷판 옆에 앉아 있는 언니 모습, 내 모습, 윷가락을 던지는 언니 한 명 더.' 우여곡절 끝에 스케치를 마치고 채색도 시간 안에 마무리 지었다. '휴, 다행이다. 친구들보다 늦게 시작했는데도 완성한 게 어디야. 언니가 앉아 있는 모습은 그리기 어려웠는데도 꽤 그럴 듯하게 그린 것 같다. 이만하면 됐어.' 그렇게 안도하며 다음 수업을 위해 서둘러 책상을 정리하려는데 옆 반 선생님이 지나가다 한 마디 툭 던지셨다.

"두 시간 동안 그린 게 이거야?"

그러고는 담임 선생님 자리로 가 둘이서 이러쿵저러쿵 얘기를 나누었다. 일과 관련된 일상적인 대화 같았다. 그러나 내 마음은 그 짧은 한 마디에 와장창 박살 나 있었다.

선생님은 왜 하필 내 자리 근처로 지나갔을까. 우리 선생님도 아무 말씀 안 하셨는데 그 선생님이 왜 내 그림을 평가한 걸까. 방금까지 스스로 적당히 만족했던 그림이 너무나 부끄러워졌다. 오늘 그린 그림은 실패작이다. 완전히 시간 낭비였다.

불행하게도 사람의 기억은 열 번의 칭찬보다 한 번의 질타를 깊게 각인시킨다. 연예인들도 자신을 좋아해 주는 백 개의 댓글보다 하나의 악성 댓글에 상처 받는다고 하지 않던가. 물론 칭찬만 들어서는 자신을 객관적으로 바라보거나 발전하는 데 도움이 되지 않을 수도 있다.

그러나 그때 그 선생님의 피드백은 내게 도움이 되는 방향이 아니었다. 말의 속뜻을 잘 헤아려 '아, 다음에는 전체 구도를 생각하면서 좀 더 다양한 대상을 배치해 풍성하게 그리라는 말씀이구나'라고 알아듣기에 나는 너무 어렸고 긍정적이지도 못했다. 제 시간 안에 그려내지 못 할까 봐 이미 쪼그라들어 있던 마음에 짧은 한 마디는 비수가 되어 꽂혔다.

칭찬을 받은 날도 분명 있을 것이다. 그러나 칭찬이 동력이 되어 무언가를 하게 하는 힘보다 비판이 무언가를 그만두게 만드는 힘이 더 컸다. 실패의 경험이 나를 그림에서 점점 멀어지게 만들었다. 나는 그림에 소질이 없는 사람이라 스스로를 단정 지었다. 실패에 대한 두려움은 재미를 앗아갔으며, 결과에 대한 압박감은 그리는 과정에서의 즐거움을 느끼지 못하게 만들어 버렸다. 미술 시간이 그다지 기다려지지 않았다. 피할 수 있다면 피하고 싶은 지루한 시간이 되어 버렸다.

더 옛날로 돌아가 보자. 처음 손에 무언가를 쥘 수 있게 되었을 때, 색연필이든 크레파스든 제대로 쥐지도 못하면서 선들을 획획 긋던 때, 종이에는 추상화 같은 알 수 없는 선들이 불규칙하게 엉켜 있었을 것이다.

조금 지나서는 얼추 사람 형태를 그렸을 것이다. 동그란 얼굴, 삐죽삐죽 머리카락도 몇 올 그렸을 것이고 귀가 있어야 할 자리에 팔을 그리고, 목도 몸통도 없이 바로 다리가 머리 아래로 쭉 뻗어있는 외계인에 가까운 형상이 종이에 그려진다.

성장할수록 외계인은 점차 사람의 모습으로 변해 간다. 그리고 있다는 것을 의식조차 하지 않은 채 손을 움직여 종이를 뚝딱 채워 나갔던 그때. 그 시절이 없는 사람이 있을까? 우리는 모두 그림을 그렸던 사람이다. 본능적으로, 그저 놀이로. 그러면 언제부터 재밌던 놀이가 재미없게 된

15

것일까. 사람마다 시기도 요인도 다르겠지만 그건 중요하지 않다. 분명한 건 누구나 지금 당장이라도 그림을 그릴 수 있고 즐길 수 있다는 것이다.

그림에서 멀어졌더라도 다시 가까워지고 싶은 마음만 있으면 아무 제약 없이 다시 가까워질 수 있다. 어떻게? 그냥 그리면 된다. 손에 잡히는 그릴 도구와 종이만 있으면 첫 선을 그을 수 있다. '잘 못 그릴까 봐', '실패할까 봐'라는 두려움을 걷어내면 그림은 재미있는 놀이다.

애초에 '잘' 그린 그림이라는 게 뭔지 생각해 봐야 할 문제다. '실패한 그림'이라는 게 존재하는지 따져 봐야 한다. 다른 누군가 인정해 주지 않으면 실패한 것일까? 다른 이의 기준 말고 나만의 개성을 갖고 그리면 된다. 그리는 동안 즐거웠다면 그걸로 충분하다.

'실패한'이라는 말에는 그리는 과정보다 결과가 지나치게 강조되어 있다. 결과가 만족스러울 때 즐거움이 배가되는 건 맞지만 결과보다 먼저 과정이 있다. 과정에서 즐거움을 느꼈다면 이미 성공한 그림 아닐까.

훌쩍 떠났던 날

초등학교 6학년 교실, 열 명 남짓한 아이들 모두가 교실 중앙을 바라보게끔 책상을 원형으로 배치해 앉아 있다. 책상 위에는 각각 종이와 연필이 놓여 있다. 아이들의 시선이 향하는 중앙으로 내가 걸어 들어간다. 나는 모델이 되어 포즈를 취하고 아이들은 그런 내 모습을 그린다. 단 중요한 규칙이 있다.

연필을 종이에 대는 순간부터 종이를 보면 안 된다. 정면에 있는 모델에게 시선을 고정한 채로 연필을 쥔 손만 움직여야 한다. 위에서 아래로, 왼쪽에서 오른쪽으로 몸의 외곽선을 따라 옮겨 가는 시선들이 느껴진다. 자연스럽게 연필이 종이에서 거의 떨어지지 않는다. 연필이 종이에 닿는 기분 좋은 마찰음이 들린다.

어찌해야 할지 갈팡질팡 방황하는 손과 아이들의 당황함이 섞인 탄식이 곳곳에서 울려 퍼진다. 짧은 시간이 지나고 각자 자신이 그린 그림을 내려다보면 교실은 와자지껄해진다. 말도 안 되는 그림이 그려진 종이를 보며 웃음을 터뜨린다. 얼마나 기가 막히고 웃긴 그림이 나왔는지 서로 뽐내기에 여념이 없다.

"선생님 팔이 짝짝이야."

"선생님 얼굴은 여기 있는데 목에 안경을 썼어."

이번에는 한 아이가 모델이 되어 중앙에 선다. 일부러 우스꽝스러운 자세를 취한 모습에 모두가 웃는다. 나는 아이의 자리에 앉아 그 아이를 그린다. 눈으로는 아이의 자세의 흐름을 관찰하며 손의 감각만으로 선을 그려낸다. 시간이 흐르고 다시 한 번 교실은 와자지껄해진다. 옆 친구의 그림과 비교하며 서로 웃는다.

대학 때 배웠던 드로잉 방법을 6학년 아이들의 미술 시간에 적용해보았다. 종이 보지 않고 그리기. 새로운 방법에 재미를 느끼면서 동시에 사물을 있는 그대로 보는 연습을 하는 것이다.

그림을 그릴 때 흔히 하는 실수가 보이는 대로 그리지 않고 자신이 원래 갖고 있던 관념대로 그리는 것이다. 예를 들어 그릴 대상은 목이 짧은 사람인데 그리는 사람이 평소 생각대로 실제 모델보다 목을 길게 그리는 것이다. 또 어깨에서 팔로 이어지는 선을 그냥 직선으로 단순하게 그리기 쉬운데, 모델을 눈으로 훑으며 찬찬히 관찰해 보면 수많은 옷 주름이 울퉁불퉁하게 나와 있고 몸 자체의 부드러운 곡선도 볼 수 있다.

안 보고 그리기는 평소 가지고 있던 대상에 대한 개인적인 형상, 고정관념을 모두 배제하고 눈에 보이는 대로 그려보는 것이다. 다시 말해 제대로 관찰하는 법을 연습하는 시간이다.

아이들의 반응이 생각보다 좋아서 다행이었다. 처음 의도한 대로 아이들의 관찰하는 눈이 얼마나 밝아졌는지는 알 수 없지만 함께 웃으며 즐거운 시간을 보낸 것만으로 기뻤다. 그 수업 시간이 기억에 남는 건 이렇게 재밌게 보낸 미술 시간이 흔치 않았기 때문이다.

고백하건대 미술 수업은 다른 과목보다 교사의 역할이 적고 널널하다고 여겨졌다. 두 시간 연달아 있는 미술 시간은 미숙한 교사였던 내게 밀린 업무를 처리하는 시간으로 쓰일 때가 많았다. 수업의 주제와 아이들이 해야 할 과제를 간단히 설명하고 다음의 모든 과정은 아이들에게 맡겨 놓은 채 나는 바삐 다른 업무를 보았다.

문서를 작성하고 그날 보내야 할 공문 자료를 만드느라 마음에 여유라곤 없었다. 아이들이 무엇을 어려워하는지, 무슨 고민을 하는지 들여다보고 조언을 하고 도움을 줘야 할 시간에 컴퓨터를 들여다보고 있었다. 가끔씩 어느 정도 진행되었는지 훑어보고는 "시간이 얼마 안 남았다"며 재촉하는 게 내 역할이었다.

알아서 완성해 내는 학생들이 있는 반면 시간이 끝나도

록 완성하지 못하는 아이들도 있었다. 그 격차를 벌어지게 한 건 다름 아닌 나였다. 질타를 받고 실패와 좌절을 경험하게 만든 것이 나였다. 내가 어릴 적 선생님에게서 받았던 부정적인 경험을 고스란히 내 학생들에게 되돌려 주고 있었던 것이다. 교사로서의 내 모습은 그렇게 스스로에게 부끄러운 모습이었다.

스스로에 대한 불신이 날로 쌓여 갔다. 낮아진 자존감으로 점점 우울했고, 그로 인한 부정적 기운이 아이들에게까지 영향을 주는 것 같았을 때 일을 그만두기로 마음먹었다. 그리고 훌쩍 도망쳐 버렸다.

생활하던 관사에서 짐을 정리했다. 필요 없는 것들은 모조리 버리고 옷가지들을 가까운 헌 옷 수거함에 갖다 넣었다. 그래도 버릴 수 없는 짐들은 커다란 박스 하나에 욱여넣고 차에 실었다. 그리고 자주 가던 학교 근처 슈퍼 앞에 주차한 뒤 차 열쇠를 슈퍼 주인아주머니에게 맡겼다.

주인아주머니가 '어디 가냐, 차 열쇠를 왜 맡기는 거냐' 물어보면 뭐라고 대답해야 하나 두근거리며 열쇠를 내밀었는데 아주머니는 별 말 없이 늘 그래왔다는 듯 열쇠를 받아들고 아무렇지도 않게 보이는 곳에 걸었다. 나는 버스를 타고 공항으로 향했다.

다음날 아침 학교는 혼란스러워졌고 가족들은 충격을 받았다. 무엇보다 가장 미안했던 건 학생들이었다. 갑자기 사라져 버린 선생님을 얼마나 원망했을지. 학교에 벌여 놓은 내 업무를 떠맡게 될 동료 선생님들의 얼굴도 떠올랐다. 그러나 그런 것들 하나하나를 따져 보기 전에 나를 생각했다. 나 하나만을 위해 이기적인 사람이 되었다.

교장 선생님께 처음 그만두려는 뜻을 내비쳤을 때 놀라시긴 했지만 그리 부정적 반응을 보이진 않으셨다. 떠나서 얼마나 있다가 돌아오려 하느냐는 질문에 "안 돌아오는 게 목표입니다." 하고 대답했던 게 기억난다. 내가 얼마나 해맑고 철이 없었는지를 알 수 있는 대목이다. 어떻게 그렇게 투명하게 자신을 내비쳤던 건가. 과거의 내가 답답해 가슴을 치고 싶다. 그냥 적당히 "한 6개월에서 1년 정도 계획하고 있습니다" 하고 말했다면 동료 선생님들이 그렇게 돌아가며 내 교실에 찾아오지 않았을 지도 모른다.

커다란 배낭 때문인지 떠나는 발걸음이 가볍지 않았다. 속 시끄러운 생각들을 잠재우기 위해 비행기에서 억지로 잠을 청했다. 그러나 곧 여러 나라를 떠돌며 멀리 떠난다고 모든 게 해결되지 않는다는 것을 알았다.

내가 아는 나의 못난 모습은 한국에 있든 다른 나라에

있든 저절로 바뀌지 않는다는 것을 말이다. 여전히 불안했고 사람들을 대하는 것도 쉽지 않았다. 떠난 후에도 오랫동안 새벽마다 학교 교실이 나오는 꿈을 꾸었고 온 몸을 쥐어짜듯 화내는 나와 미동도 없이 침착한 학생이 꿈속에 등장했다.

그런 와중에 그림을 만난 건 참 다행한 일이었다. 당장 내일 갈 길도 알 수 없던 하루하루 그림이 내 마음을 잡아주었다. 가볍게 시작한 그림에 갈수록 시간과 노력을 들였던 것은, 불안한 미래 말고 그림을 그리고 있는 지금 현재에 집중할 수 있었기 때문이었다. 세상에 아무런 파동도 일으키지 못하는 쓸모 없는 사람이 아니라 그나마 무언가에 열중하고 있는 사람이 된 것 같은 마음에 더욱 그림을 놓지 못하고 여기까지 왔다.

아침 카페의 관찰자

조금은 이른 시간, 식당과 카페, 슈퍼들이 줄지어 있는 거리로 나갔다. 겨울 아침이라 조금 쌀쌀한 기운이 감돌았고 안개 때문인지 햇볕이 내리쬐지 않아 더욱 으슬으슬한 분위기였다. 겨울에 안개가 잦은 이곳은 네팔의 '룸비니'라는 도시다.

잠시 카트만두를 떠나 여행 속 여행을 즐기고 있었다. 같은 네팔이지만 룸비니는 인도 국경 인근 지역이라 사람들의 생김새나 옷차림이 인도 분위기에 더 가깝게 느껴졌다. 걷다 보니 문이 활짝 열려 있어 안이 들여다보이는 카페가 있었다. 작고 허름했지만 이 거리에 깔끔하고 화려한 카페는 있을 리 없다는 걸 알았기에 그곳에 잠시 머물기로 했다.

조금 컴컴한 실내보다 야외 테이블이 끌렸다. 오래된 찌든 때가 얼룩덜룩한 플라스틱 테이블과 의자에 익숙하게 앉아 메뉴판을 살펴봤다. 음료뿐만 아니라 간단한 아침 메뉴부터 식사까지 메뉴판이 복잡했다. 긴 메뉴판을 쭈욱 훑어보고서 블랙커피 한 잔을 주문했다. 그러고는 고개를 들어 거리로 시선을 돌렸다. 이른 시간이라는 건 나만의 기준이었나 보다. 거리는 한낮처럼 활력이 넘쳤다. 많은 사람들과 오토바이, 자전거, 커다란 물소들까지 흙먼지를 내며 복잡하기만 했다.

지나가는 사람들의 옷차림이 매력적이었다. 터번처럼 머리를 두건으로 둘둘 감싼 아저씨, 긴 천을 치마처럼 두른 아저씨, 화려한 색감의 사리(인도 전통의상)를 두른 여인들, 추위를 이기기 위해 두꺼운 옷감을 머리까지 덮어 쓰면서도 발은 언제나 맨발에 슬리퍼 차림인 것 등 자연스레 눈길을 사로잡는 모습들이 쉴 새 없이 지나갔다.

노트에 당장이라도 그리고 싶었지만 짧은 몇 초 만에 나타났다 사라져버리는 대상을 그릴 능력이 없었기에 노트와 펜보다 먼저 휴대전화를 꺼내 들었다. 매력적인 대상을 수집하듯이 휴대전화 카메라로 찍었다. 그리고 사진 속 사람들을 확대해서 찬찬히 보며 그림을 그렸다. 한 명을 다 그리고 커피 한 모금 홀짝이고 또 다른 사람을 그리고. 그날을 시작으로 룸비니에 머무는 동안 아침마다 그 카페 그 자리에서 블랙커피 한 잔을 마시며 같은 행동을 반복했다.

사람마다 그리기 쉬운 대상과 그렇지 않은 대상이 다른 것 같다. 사람을 그리는 것이 어렵다는 이들도 있는데 나는 가장 쉽게 접근한 대상이 '사람'이었다. 다른 대상들보다 친숙하게 느껴졌고 그리고 싶은 마음을 쉽게 불러일으켰다.

해외에 있었기에 주변에서 다양하면서도 매력적인 모델들을 쉽게 찾을 수 있었다. 머리부터 팔 다리 등 비슷한 모양과 비율이지만 한 사람 한 사람 모두 다르고, 움직이는 동작마다 느낌이 달라서 정말 재밌게 느껴졌다. 또 다양한 옷을 그리는 것도 빼놓을 수 없는 큰 매력이었다. 옷의 무늬를 그릴지 생략할지, 옷 주름은 어느 정도까지 표현할지 고민하는 과정이 즐거웠다.

그림을 막 시작한 초보였을 때, 지울 수 있는 연필이 아닌 펜으로 그린 것은 우연이었지만 나에게는 도움이 되었다. 그림 도구로 특별히 펜을 선택했던 것은 아니었다. 늘 가지고 다니며 메모를 하던 펜이 그저 작은 가방 안에 있는 유일한 필기 도구였다. 일기를 쓰던 작고 길쭉한 노트, 슈퍼에서 샀던 20루피(한화 200원)짜리 펜이 어쩌다 보니 그림 도구가 되었다.

연필로 더듬더듬 그리다 이내 맘에 들지 않아 지우개로 지우고 다시 그리고 또 지우고를 반복하다 어느새 종이가 거뭇거뭇 지저분해진 경험은 누구에게나 있을 것이다. 그림 한 장을 완성하기까지가 아득하게 느껴지는 머나먼 여정 말이다.

그에 비해 펜은 한 번 그으면 지울 수 없어 부담스럽고 과감한 재료 같지만 그런 특성 때문에 선 하나를 긋기 전에 더 자세히 대상을 관찰하게 해 주었다. 이미 그린 것과 지금 그릴 부분의 위치와 비율을 잘 파악하여 한 번에 그려야 했다. 그리는 과정은 느리고 조심스러웠지만 결과는 또렷하고 분명한 느낌을 주었다.

그림을 그릴 때는 대략적인 구도를 잡는 것이 첫 단계다. 사람을 그릴 때도 정석대로라면 먼저 전체적 비율을 따져 가며 머리 부분에 희미한 원을 그리고 몸통, 팔, 다리의 위치와 길이를 대략적으로 엷은 선으로 잡아두는 것이 일반적이다. 그런 다음 본격적인 묘사에 들어간다. 그래야 실제 대상과 비슷하고, 그림이 어색해지는 걸 방지할 수 있다.

하지만 나는 그 과정을 생략하고 바로 머리부터 펜으로 세부 묘사를 해나가며 그렸다. 내게는 앞에 말한 그 과정이 뭔가 어색했다. 왜인지 모르지만 미술 시간에 갑자기 수학 문제를 푸는 듯이 느껴져 재미가 반감되었다. 그래서 그냥 내 방식대로 머리부터 그려 나갔다. 그러다 보면 때때로 비율이 제멋대로인 사람이 그려졌다. 평범한 아저씨를 그렸는데 엄청나게 키가 큰 8등신이 되기도 하고, 두 아주머니를 그렸는데 한 아주머니만 지나치게 다리가 짧아지기도 했다.

하지만 재있었다. 기계처럼 정확한 결과가 필요한 게 아니었고 다른 누군가에게 평가를 받아야 하는 것도 아니었기에 내가 내키는 대로 할 수 있었다. 결과물이 만족스러우면 스스로 자신감이 커졌고 능률이 올라 좋았다. 하지만 만족스러운 결과가 나오지 않을 때도 자책하지 않았다. 당시에는 그림을 그저 즐거운 놀이로 대했기 때문이다. 아쉽지만 그 페이지는 덮어 놓고 또 새로운 페이지를 펼쳐 새로운 대상을 그려 나가면 그만이었다.

이처럼 내가 선택한 방법으로 내 그림을 그려가듯 각자 그림을 그리는 목적이나 자신의 성향에 따라 방법을 선택하면 된다. 그림에 정답이란 없으니 말이다.

다수가 좋다고 하는 방법에는 분명 그럴만한 이유가 있을 것이다. 그러나 누군가에겐 맞지 않을 수도 있고 즐거움을 반감시킬 수도 있다. 미대 진학 같은 확실한 목표가 있는 학생들은 평가 기준에 따라 체계적인 교육과정으로 철저히 실력을 높이는 게 맞을 것이다. 또 사실적인 그림을 그리고자 하는 사람은 기본기를 탄탄히 익히는 게 목적 달성에 도움이 된다.

하지만 취미로 즐기려는 사람이나 자유로운 표현을 추구하는 이들은 군이 자신에게 흥미롭지 않은 방법을 억지로 고집할 필요는 없다. 그림을 그리는 과정에서 흥미가 사라지면 쉽게 지치고 그림 자체에서 멀어질 수도 있기 때문이다.

사람의 다양한 자세를 다양한 각도에서 자유자재로 묘사하기 위해 잡지 한 권을 첫 페이지부터 끝까지 따라 그리는 연습 방법을 우연히 본 적이 있다. 잡지 속에는 다양한 모델과 자세들이 들어 있으니 좋은 방법인 것 같았다.

나도 가끔 그릴 소재가 떠오르지 않을 때 모델 사진을 보며 따라 그리기도 하지만 즐겨 하진 않는다. 내게는 화려하게 꾸며진 모델보다 일상 속에서 만나는 평범한 사람들의 모습이 더 매력적으로 다가온다. 다양한 자세를 많이 연습할 수는 없겠지만 그리고 싶은 대상을 그리는 것이 내겐 더 재미있다.

그림을 그리는 수없이 많은 다양한 과정에서 우리는 각자 자신의 방법을 선택하면 된다. 내가 나의 재미를 추구하며 오롯이 나를 위한 선택을 할 수 있었던 것처럼, 그 즐거운 경험을 이 글을 읽고 있는 당신도 해보기를 바란다.

새로운 도구

네팔을 떠나 말레이시아 페낭섬에 머물고 있을 때 꽤 커다란 문방구를 발견했다. 종류도 다양한 문구들에 눈이 즐거워 한참을 머무르며 구경했다. 그림 도구에 대한 욕심은 없었는데 재료들이 눈앞에 있으니 더 다양하게 그려보고 싶은 마음이 들었다. 자주 이동해야 하는 여행자 신분이었기에 짐을 늘리는 것이 부담이라 고민되었다.

한참 그림 재료들을 구경하다 스프링으로 된 작은 드로잉북과 12색 고체 물감을 샀다. 드로잉북은 일반 노트보다 살짝 도톰하고 빳빳한 종이로 되어 있어 간단한 채색이 가능했다. 고체 물감은 당시 나에게는 낯선 물건이었다. 보통 튜브에 들어 있는 물감을 팔레트에 짜서 굳힌 다음 썼는데 고체 물감은 그런 과정 없이 이미 고체로 굳어져 있는 물감을 말한다.

딱딱하고 건조해 보이지만 물을 묻히면 일반 수채 물감처럼 색이 풀린다. 그것을 선택한 이유는 첫째, 납작한 모양이라 부피가 작았고 둘째, 플라스틱 뚜껑 부분을 팔레트로 쓸 수 있는 일체형이라 간편했고 셋째, 얇은 붓 한 자루까지 들어 있어 시험 삼아 사용해 보기에 부담이 적었고 마지막으로, 우리 돈 이천 원 정도로 아주 저렴해서였다(그건 고체 물감 중 가장 낮은 품질의 제품이었던 것 같다. 요

즘은 튜브형 물감만큼 고체 물감을 아주 많이 사용하는 추
세다. 브랜드 별로 디자인도, 가격대도 다양한 제품들이
시중에 많이 나와 있다).

새로 산 드로잉북에 펜으로 사람을 그리고 간단한 채색
을 더하기 시작했다. 옷 색깔을 칠하고 피부도 칠해 보았
다. 수채화에 대한 감각이 전혀 없어 물 조절도, 색 혼합도
의도대로 되는 건 하나도 없었다. 수채 물감은 학생 시절
에 많이 써 본 재료라 친숙할 것이라 생각했지만 재료에 대
한 이해가 별로 없음을 사용하면서 깨달았다. 하지만 새로
운 재료를 사용하니 서툴러도 재미있었다. 나름대로 농도
를 다르게 표현해 보기도 하고 여러 색을 섞어 칠해 보기도
했다. 아무것도 모르니 매 순간이 모험이었다.

새로운 곳 말레이시아에서도 낯선 옷차림을 한 사람들
에게 눈길이 갔다. 특히 히잡을 착용한 여자들이 관심을
끌었다. 이슬람 문화를 접해 볼 기회가 거의 없었기에 이
슬람 사원인 모스크뿐 아니라 공항이나 기차역에도 기도
방이 따로 만들어져 있는 것이 모두 낯설고 신기했다(사실
말레이시아의 국교가 이슬람교인 것도 뒤늦게 국가 정보
를 찾아보고 나서야 알았다). 꼭 모스크에 가지 않아도 히
잡을 착용한 사람들을 흔히 볼 수 있었다. 커피숍에서도,

음식점에서도, 버스에서도 어딜 가나 늘 히잡 쓴 여성들이 있었다. 처음에는 낯설었지만 익숙해지니 자연히 일상의 풍경으로 스며들었다.

하루는 페낭힐(Penang hill)에 올랐다. 페낭힐은 페낭섬의 도시와 바다가 맞닿은 풍경을 한눈에 내려다볼 수 있는 높은 언덕이다. 낮에는 낮의 풍경을, 밤에는 아름다운 야경을 볼 수 있는 전망대 같은 곳으로 여행자들과 현지인 모두에게 인기 있는 명소다. 가파른 경사를 오르는 산악 열차를 타고 정상에 도착해 장난감 마을처럼 작아진 도시를 감상했다.

아름다운 풍경을 감상하던 중 히잡을 쓴 소녀들이 보였다. 얼굴은 동그랗게 내놓고 머리카락과 어깨를 덮은 히잡을 쓰고 있었다. 각기 다른 색깔의 히잡 아래로는 나들이 오는 날 한껏 멋을 부린 평상복을 입고 예쁜 가방을 들었다. 친구들과 까르르 웃으며 즐거운 한때를 보내는 전형적인 그 나이 소녀들 모습이었다. 알록달록한 히잡은 하나의 패션 아이템으로 보였다.

이번에는 한 커플이 눈에 띄었다. 편안한 차림에 선글라스를 낀 남자와 머리끝부터 발끝까지 검은 천을 두른 여자. 여자는 두 눈을 제외한 모든 몸을 가린 모습이었다. 머리카락 부분만 가린 여성들은 자주 보았지만 이렇게 온 몸을 검게 가린 여성도 드물게 있었다. 어떤 기준이 있는 것인지, 여성들에게 선택권이 있는 것인지 잘 모르겠다. 그녀의 커다란 눈망울과 풍성한 속눈썹이 도드라져 보여 나도 모르게 흘끔흘끔 쳐다보았다.

페낭힐을 다녀온 날 저녁, 책상에 앉아 드로잉북을 펼쳤다. 그리고 그날 인상적이었던 사람들을 그리기로 했다. 사진에 담긴 사람들을 요리조리 살펴보았다. 그리고 싶은 대상이라도 그림으로 그리기에 알맞게 찍혀야 그릴 수 있다. 보이는 모습대로만 따라 그릴 수 있는 내 한계 때문이었다. 구도를 재구성하여 상상으로 그리는 건 내 능력 밖이었다. 또한 잘 보이게끔 찍혔어도 그리고 싶은 마음이 들어야, 즉 대상에게 어떤 매력이 느껴져야만 그렸다. 봤던 사진을 보고 또 보며 대상을 탐색했다. 대상이 정해지면 그림으로 그리는 과정을 머릿속에 시뮬레이션해 보며 시간을 보냈다. 그리고 마침내 펜을 들었다.

히잡을 쓴 소녀들의 즐거운 모습을 먼저 그렸다. 원래는 네 명이었는데 뒤쪽에 있어서 다른 사람과 겹쳐져 잘 보이지 않는 한 명은 생략하고 세 명만 그렸다. 웃고 있는 즐거운 표정을 그리는 건 어려웠다. 실제의 앳된 얼굴이 그림에서는 좀 달라졌다. 색색깔의 히잡이 인상적이었던 마음을 담아 히잡에 채색을 했다. 채도가 높은 쨍한 노랑색, 은은한 분홍색, 검정색 물감을 칠했다. 잠깐 길에서 스쳐 지나간 사람들이 종이 위에 새롭게 탄생했다. 실제 그들의 모습은 기억에서 흐릿해져도 내가 그린 그림 속의 그들 모습이 내 기억 속에 박제된다. 그들을 보면서 느꼈던 감정과 생각도 이미지와 함께 저장된다.

그 다음에는 앞에서 말했던 커플을 그렸다. 나란히 앉아 있는 모습이 사진 한 구석에 찍혀 다행히 그림 그리기에 적합했다. 반팔, 반바지 차림에 선글라스를 끼고 구부정하게 앉은 남자를 그렸다. 티셔츠의 줄무늬를 색칠하고 청색의 바지도 칠했다. 검은 선글라스에 검은 물감을 칠하고 이어서 여자의 온 몸을 검은 색으로 칠했다.

전부 검은 색이라 명암 표현이 더 어려워 조금 어색한 결과가 나왔다. 모두 검은 중에도 눈만은 잘 보이게 그렸다. 다 그려 놓고 보니 두 사람의 대조가 재미있었다. 눈만 검게 가린 남자와 눈을 제외한 모두를 검게 가린 여자. 다시 보고 그리며 대상에 대한 감정이 되살아나고 더욱 강화되는 듯했다. 당시엔 미처 떠오르지 않던 새로운 생각들도 더해졌다.

내게 새로운 도구가 생겼다. 사진과 글로만 기록하고 표현하던 생각들을 이제는 그림이라는 도구로도 표현할 수 있게 된 것이다. 사진처럼 여러 가지 정보들이 뒤섞이지 않고 인상적이었던 부분만을 골라 한 화면을 꽉 채워 강조해 그림으로 그릴 수 있게 됐다.

조금 서툴러도 시간을 들여 표현하고 싶은 대상을 천천히 들여다보고 선 하나하나 그리는 과정이 좋았다. 사진이나 글과는 또 다른 매력에 푹 빠져 들어갔다. 사진보다 더 내 숨결이 녹아들어 정말 '내 것', '내 창작물'이라는 느낌에 애착이 갔고, 글보다 즉각적이고 직접적인 이미지의 전달력이 마음에 들었다. 드로잉 노트 속 내 시선으로 만들어진 새로운 세계가 차곡차곡 쌓여 가는 느낌에 뿌듯했다.

그림은 그린 사람을 닮아 있다

숙소의 구석 좁은 테이블에서 스탠드 불빛 아래 그림을 그리는 밤들이 쌓여 갈수록 드로잉북의 페이지들도 채워졌다. 매일은 아니지만 취미로 그림을 그린다고 말할 수 있을 정도로 자주 그리게 되었다. 사진의 한 구석에 찍힌 작은 사람들이 드로잉북에서 특별한 주인공으로 되살아났고 그 그림들에 글을 곁들여 블로그, 브런치 등의 웹사이트에 올리며 즐거움을 느꼈다.

한 화면에 한두 명이 등장하는 간단한 그림을 그렸지만 자주 어려움을 느꼈다. 그리는 과정에서 막막할 때가 많았는데, 특히 수채 물감을 다루는 것이 쉽게 익숙해지지 않았다. 학교 미술 시간에 가장 흔하게 다뤘던 재료인데 어떻게 전혀 다룰 줄 모르는지 의아했다.

내가 미술 시간에 흥미가 없어 불성실해서였을까? 아니면 누군가 시켜서 할 때와 자발적으로 할 때의 마음이 달라서 그렇게 느낀 것인지도 모르겠다. 하긴 학창 시절에도 스케치는 그럴싸한데 채색하다가 그림을 망친 경험이 많았던 걸 보면 수채 물감은 다루기 쉬운 재료가 아닌 것이 분명했다.

도통 알 수 없을 때는 다른 사람들이 그린 그림을 보는 것이 나의 공부법이었다. SNS상의 수많은 그림 작가들이 내 선생님이었다. 요즘은 유튜브, 동영상 강의, 원데이 클래스 등 온·오프라인에서 그림을 배울 수 있는 방법들이 활성화되어 있지만 당시에는 지금처럼 활발하지 않아서 주로 인스타그램을 애용했다.

처음 인스타그램에서 '#drawing'이란 해시태그를 검색했을 때 깜짝 놀랐다. 전 세계의 셀 수 없이 많은 사람들이 정말 다양한 작품들을 자신의 계정에 업로드하고 있었던 것이다. 당시 나는 여행 사진 위주로 업로드해오고 있었고 대부분의 사용자들도 사진을 올리는 플랫폼이라 여기고 있었다.

그런데 자신의 작품을 전시하는 하나의 포트폴리오 역할로 SNS를 활용하는 사람들이 굉장히 많다는 사실을 처음 알았고 그 광경이 아주 신기했다. 또 전업 작가가 아니어도 나처럼 취미로 그림을 그리는 사람들이 많다는 것도 알게 되었다.

엄청난 완성도의 작품에서부터 노트 귀퉁이에 그린 낙서 같은 드로잉까지 다양한 그림들을 공짜로 감상할 수 있었다. 그 수많은 그림들 중 나와 비슷한 대상을 비슷한 재료로 그리는 사람들의 작품을 보며 어떻게 표현하면 저런 결과물이 나오는지 혼자 고민했다.

어떤 순서로 색을 칠했을지, 밝은 부분과 어두운 부분을 어떻게 다르게 표현했는지 등 작은 부분도 유심히 보며 배우고자 했다. 다른 사람의 그림을 보는 것만으로 얼마나 도움이 되는지 정확히 알 수는 없지만 그토록 손쉽게 다양한 작품들을 접할 수 있었던 것은 참 다행한 일이었다. 작든 크든 분명히 영향을 받았을 것이다.

다양한 그림들을 만나기 위해 해시태그 검색으로 넓디넓은 인스타그램 속 세상을 탐색했다. 그러다 맘에 드는 그림들이 잔뜩 있는 계정을 발견하면 기쁜 마음으로 팔로우 버튼을 눌렀고 한참 동안 그의 작품을 감상했다. 한편 어떤 계정은 피드에 있는 그림들 중 몇 개만 맘에 들어 팔로우를 할지 말지 고민하기도 했고, 또 다른 계정은 그림이 잔뜩 있긴 하지만 내 취향이 아니어서 팔로우하지 않고 쉽게 넘겨 버렸다.

그림 실력이 모자라서가 아니라 그림이 풍기는 분위기가 나와 맞지 않아서였다. 나에게 그림 취향이 이미 형성되어 있다는 사실에 스스로도 신기했다. 또 한 개인이 그리는 그림들이 일관된 분위기를 풍긴다는 것도 처음 알게 됐다. '화풍'이라는 것을 미술 시간에는 배웠지만 피카소, 고흐, 모네 등 대 화가들이 아닌 나와 동시대의 개인들도 자신만의 화풍, 분위기가 있다는 게 놀라웠다.

　그림의 분위기를 결정짓는 데는 여러 가지 요소들이 복잡하게 얽혀 있다. 그림의 소재, 사용하는 재료, 그 재료를 사용하는 방법, 주로 사용하는 색깔의 톤 등 표면적으로 드러나는 것만 해도 이렇게나 다양하다.

　예를 들어 '사람'을 주 소재로 그리는데 나처럼 전신을 그리는 사람도 있고 얼굴만 집중해서 그리는 이들도 있다. 같은 얼굴을 그려도 연필만 사용하는 사람, 색연필만 사용하는 사람, 물감을 이용하는 사람 등 재료에 따라 다른 느낌을 주기도 한다. 또 똑같이 수채 물감을 사용하더라도 물을 많이 머금은 옅은 느낌의 그림이 있는가 하면 물을 조금만 사용해서 쨍한 느낌을 주는 그림도 있다.

　이런 요소들을 다 떠나서 정말 개성이 강하고 자신만의 스타일을 구축한 작가들의 작품을 보면, 무슨 소재를 어떤 재료로 어떻게 사용했든 딱 보는 순간 그 작가의 이름이 떠오르기도 한다. 다른 누가 흉내 낼 수 없는 자신만의 것을 찾은 작가들이 많이 있다.

　당시 나에겐 이 사실이 꽤나 충격적이었다. 우리가 고흐와 피카소의 그림을 보고 서로 다르다고 느끼는 건 당연하지만 나와 동시대에 살고 있는 수많은 사람들이 일로든 취미로든 자신만의 그림 스타일을 찾고 그것을 다지며 살아 간다는 건 전혀 생각지도 못했다. 알면 알수록 더 끝없이 넓고 깊은 그림의 세계로 빠져 들어가는 것만 같았다.

마음에 드는 인스타그램 계정을 팔로우해 두고 자주 그 사람의 그림을 본 경우에는 실제로 만난 적이 없는데도 왠 지 아는 사람처럼 친근감이 느껴졌다. 또 오랜 시간 그림 을 보다 보면 그림 너머에 그 그림을 그린 사람이 어떤 사 람일자 짐작이 가기도 했다.

가끔 그림만 업로드하던 사람이 자신의 모습이나 일상 의 공간을 찍은 사진을 올리기도 하는데 그걸 보고 놀랄 때 가 있다. 왜냐하면 그 사람의 모습이 자신이 그리는 그림 그 자체처럼 느껴지기 때문이다. 감각적이고 통통 튀는 그 림을 그리는 사람은 그 역시 표정이나 패션에서 생기발랄 함을 풍긴다. 온화하고 차분한 그림 뒤에는 여지 없이 은 은한 옷을 입은 사람이 온화한 미소를 짓고 있다.

귀엽고 아기자기한 그림을 그리는 이는 온라인 상의 짧 은 글귀에서도 귀여움이 뚝뚝 묻어나고, 그림을 보기만 했 는데도 그린 사람의 친절함, 사려 깊음이 느껴지기도 한 다. 꼼꼼하고 빈틈 없는 그림, 자유로운 그림, 연약한 선으 로 된 그림, 강하고 뾰족한 선으로 된 그림, 알록달록 밝은 그림, 어두컴컴한 그림. 세상엔 그리는 사람 수만큼이나 다양한 그림이 있었다.

그렇다면 내가 그리는 그림은 어떤 분위기를 풍길까? 다른 사람들은 내 그림을 보고 어떤 느낌을 받을까 궁금해졌다. 초기에는 내 그림에 나 스스로 '소심한 그림'이라 제목을 붙였다. 직접 찍은 사진 속 사람들을 그리다 보니 뒷모습이나 측면이 주를 이뤘다. 이유인즉 그리고 싶은 대상이 눈앞에 있어도 소심해서 사람의 정면에다 카메라를 들이대지 못하고 뒷모습이나 측면만 멀리서 찍었기 때문이다.

또 그리는 방법 면에서도 스스로 재료에 대한 자신이 없으니 과감한 표현은 잘 하지 못하고 조금씩 찔끔찔끔, 나도 모르게 엷은 색으로 채색하게 되었던 것이다. 그런 이유들이 모여 누가 내 그림 아니랄까 봐 나를 닮아 그림이 소심해 보였다. 평소 소심하고 내성적인 내 성격과 딱 들어맞았다. 언젠가 여행지에서 만난 누군가로부터 내 그림들과 '소심한 그림'이라는 제목이 너무 어울린다는 말을 들은 적도 있다.

시간이 지난 지금의 내 그림은 처음과 조금은 달라졌을 것이다. 사람만 그리던 것에서 벗어나 풍경 등으로 소재가 확장되었고 사용하는 재료도 조금씩 바뀌었으며 처음보다 다양하고 과감한 표현을 한다.

지금은 내 그림에 '소심하다'는 표현은 쓰지 않고 있다. 소심함에서 벗어나고 싶은 마음에, 더 자유로워지고 싶은 마음에 나의 그림을 틀 안에 가두지 않기로 했다. 그냥 그때그때 그리고 싶은 걸 그리며 지금도 나만의 개성을 찾아나가는 중이다. 언젠가는 나만의 분위기를 뿜어내는 그림을 그릴 수 있을 거라는 희망을 품는다.

내 작은 캔버스

발리에 있을 때였다. 휴대전화 알림에 따라 업데이트를
했더니 메모 앱에 새로운 기능이 생겼다. 연필, 펜, 형광펜
등의 간단한 몇 가지 펜과 지우개로 화면에 그림 메모를 할
수 있게 바뀌었다. 새로운 기능이 재미있어 이것저것 낙서
를 했다. 작은 액정 위에 손가락으로 손 가는 대로 슥슥 그
렸다. 늘 사진을 보면서 그리다가 아무것도 보지 않고 아
무 계획도 없이 그리니 자유로움이 느껴졌다. 그러나 다양
하고 섬세한 표현이 어렵다 보니 조금 갖고 놀다가 잊어버
렸다.

그 후 시간이 지나 인도에 머물던 중, 드로잉북과 물감
등 재료를 펼쳐 놓고 그리기가 거추장스럽게 느껴졌을 때
다시 휴대전화를 들었다. 간단한 낙서만 하다가 재미가 붙
어 드로잉 앱을 설치해봤다. 휴대전화에서 사용 가능한 드
로잉 앱이 있다는 사실조차 모르고 있었는데 검색을 하다
우연히 알게 되었다. 기본 메모 앱과는 비교도 안 되게 다
양한 브러시들과 기능이 있었다. 신세계였다. '레이어'가
뭔지도 모르는, 디지털 드로잉에 생 초보였지만 검색으로
하나하나 알아가는 재미가 쏠쏠했다.

종이 위에 그리는 그림과는 많은 점이 달랐다. 수많은
종류의 브러시, 셀 수 없이 많은 색깔을 내 입맛대로 골라

쓸 수 있으면서도 배낭의 무게는 늘어나지 않았다. 며칠마다 짐을 꾸리고 돌아다녀야 했던 내게 더할 나위 없이 좋은 재료였다. 쪽 수를 다 채운 드로잉북을 계속 들고 다니는 것도 부담스러웠던 차에 디지털 파일 형태로 저장되니 부담이 없어 마음껏 여러 장을 그려도 되었다. 혹시 맘에 들지 않아 쓰레기를 만들까 봐 걱정할 필요도 없었다.

또 되돌리기 기능은 디지털 그림의 크나큰 장점이었다. 한 번 그리면 지우는 것이 쉽지 않은 실물 그림에 비해 방금 그은 획을 손쉽게 취소하고 이전 상태로 되돌릴 수 있으니 하나하나에 긴장하지 않고 더 자유롭게 그릴 수 있었다. 이런 장점들 덕분에 엄두가 나지 않던 새로운 시도를 쉽게 해 볼 수 있었다. 이전까지 사람에만 국한되어 있던 소재가 간단한 주변 풍경으로 확장되기 시작했다. 손가락으로 그리는 것이 처음엔 불편했지만 이내 적응되었다.

디지털 드로잉에서 가장 처음 기본적으로 익혀야 하는 것은 레이어 기능이다. '레이어(layer)'란 '층'이란 뜻으로, 여러 장의 투명 필름을 쌓아 올리며 겹쳐 하나의 작품을 만든다고 생각하면 쉽다. 종이에 그림을 그릴 때는 스케치부터 모든 채색을 단 한 장의 종이에 처음부터 끝까지 그려 완성해야 한다. 그런데 디지털 그림에서는 첫 번째 레이어에 스케치, 두 번째 레이어에 사람의 피부 부분, 세 번째 레이어에 상의, 네 번째 레이어에 하의 등 각 레이어마다 분리해서 그릴 수 있다.

이 때 서로 다른 레이어에 그림이 겹쳐 그려진 경우 더 위에 위치한 레이어의 그림만 보이게 된다. 또 스케치는 완성 단계에서 보일 필요가 없다면 스케치를 했던 레이어만 비활성화 또는 삭제해서 안 보이게 할 수 있다. 그리고 만약 피부 부분을 수정하고 싶다면 두 번째 레이어만 선택하여 알맞게 수정하면 되는데, 그때 나머지 다른 레이어는 아무 영향을 받지 않는다. 이 밖에도 레이어의 역할은 디지털 드로잉에서 핵심적인 기능이라 할 수 있을 정도로 아주 유용하다.

레이어 기능을 비롯한 앱 사용법을 검색하다 우연히 트레이싱(tracing) 기법을 알게 되었다. 레이어 기능을 활용해 아주 손쉽게 한 장의 그림을 뚝딱 그려낼 수 있는데, 사진 등 그리고자 하는 원본 이미지를 아래 레이어에 두고 그 위에 새 레이어를 생성해서 사진을 똑같이 베껴 그린다. 형태를 잘 잡지 못하는 사람도 인물의 이목구비 등을 사진과 닮게 그리기 쉽고 전체적인 형태와 구도도 어긋나지 않는다. 그런 다음 원본 이미지 레이어는 삭제하고 채색 등을 추가하면 그림만 남는다.

트레이싱 방법을 알게 된 후 내가 찍었던 풍경 사진을 드로잉 앱에 불러와 베껴 그려 보았다. 인도의 고아 해변에서 보았던 노부부, 오토 릭샤를 몰던 기사 아저씨의 뒷모습, 힌두 사원에 앉아 있던 사리를 입은 여인들, 맞은편에 잠시 정차한 기차 속 아저씨 등 사진을 보고 종이에 그리던 것을 이제는 휴대전화에 그렸다.

사진에 보이는 대상의 주요 선을 따라 먼저 베껴 그리고 그 후 실제와 비슷한 색을 선택해 채색을 했다. 그러고는 사진이 있던 첫 번째 레이어는 삭제했다. 형태가 일그러질 일이 없으니 적은 수고로 그럴싸해 보이는 그림을 얻을 수 있었다. 종이에서라면 쉽게 그릴 수 없었을 주변 풍경도 곁들일 수 있으니 재미가 있었다.

물론 어려운 점과 단점도 있었다. 좁은 화면에 손가락으로 그리니 선이 삐뚤빼뚤했다. 또 사진에서 어둡게 보이거나 잘 보이지 않는 부분이 있으면 임의로 짐작해서 그려야 했다. 그러던 중 트레이싱 방법으로 그림을 그리면 실력이 늘지 않고 별로 도움이 되지 않는다는 정보를 접했다.

나도 어렴풋이 느끼던 부분이었다. 사진을 베껴 그리기만 하면 되니 어떤 대상을 내 힘으로 옮겨내는 연습은 전혀 되지 않을 것 같았다. 그러니 이 방법으로 그리는 것을 중단해야 하나 고민했다. 재미있긴 하지만 그림 실력에는 도움이 되지 않는다면 시간 낭비이고 헛수고인가 하는 생각에 갈등이 되었다.

반면 이런 의문도 들었다. '내가 실력을 키우려고 그림을 그리는 건가?' 나 스스로 재미를 느끼고 그 방식에 딱히 문제의식을 느끼지 않는다면 굳이 해 오던 방식을 중단할 필요는 없지 않을까 싶기도 했다. 실력이 늘어서 어떤 대상이든 보이는 대로 잘 묘사할 수 있는 능력을 갖게 된다면 물론 좋겠지만 당장은 재미를 추구하는 쪽으로 더 마음이 기울었다. 그래서 그 후에도 한동안 트레이싱 방법으로 여러 그림들을 그렸다.

하지만 시간이 지나면서 자연스럽게 트레이싱을 멀리하게 되었다. 베껴 그렸다는 점에서 진짜 내 실력이 아닌 디지털 기기에 너무 의존하고 있다는 느낌이 들어서였다. 나의 실제 능력보다 그럴싸한 결과물이 처음에는 즐거움을 주었지만 시간이 지날수록 그 그림을 '내 그림'으로 SNS를 통해 다른 사람들에게 내보인다는 것이 양심에 찔렸다. 스스로를 과대 포장하는 것 같은 느낌에 뒷맛이 씁쓸했다.

또 매번 같은 방식에 흥미가 떨어지기도 했다. 그래서

구도나 비율이 실제와 좀 다르더라도 나만의 멋으로 승화시키며 연습해 가는 것이 장기적으로는 더 즐거운 것 같았다. 물론 처음 디지털 드로잉과 친해지는 단계에서 흥미를 갖는 데 큰 도움이 된 것은 사실이다. 그러니 각자의 필요와 목적에 따라 선택하면 되는 문제다.

트레이싱은 제대로 활용하면 유용한 기법이지만 잘못 사용했을 때는 문제가 될 수도 있다. 실제로 여러 번 논란이 되기도 했는데, 어느 웹툰 작가가 다른 작가의 저작물을 무단으로 베껴 그려 연재가 중단된 적도 있다고 한다.

트레이싱이 문제가 되는 건 다른 사람의 저작권을 침해한 경우다. 자신이 직접 찍은 사진을 그리는 건 법적인 문제가 없다. 사진의 저작권이 내게 있기 때문이다. 다른 사람의 저작물을 베끼더라도 혼자 연습 용도로만 이용하면 문제될 게 없다. 또한 원 저작자에게 허락을 받은 경우도 괜찮다고 한다. 하지만 그 이외의 경우 다른 사람의 창작물을 마음대로 베끼고 사용한다면 문제가 될 수 있으니 주의해야 한다.

디지털 드로잉과 상상 날개

디지털 드로잉에 재미를 붙여 액정이 더 큰 아이패드를 구입했다. 휴대전화보다 몇 배로 커진 화면에 더 수월하게 그릴 수 있었다. 또 태블릿에서 사용 가능한 드로잉 앱들이 다양해서 하나하나 사용해 보며 장단점이 무엇인지 비교해 보기도 했다.

내가 아이패드로 그리기 시작한 때가 막 태블릿 그림에 대한 대중의 관심이 늘어나던 시기였다. 그 때문인지 드로잉 앱 여러 개를 비교하는 내용을 블로그에 포스팅했더니 조회 수가 약 4만여 회나 되어 놀라기도 했다.

처음으로 유료 앱도 구매해서 사용해 보았다. 디지털 드로잉을 하는 사람들 대부분이 '프로크리에이트(procreate)'라는 앱을 사용하고 있기에 궁금해서 구매했다. 굉장히 다양한 기능들이 있었지만 포토샵도 다뤄본 적이 없는 초보에게는 있으나 마나 한 것들이라 복잡하기만 했다.

요리를 전혀 할 줄 모르는 사람이 식기 종류부터 계량컵, 용도에 따른 칼, 오븐까지 휘황찬란하게 풀 세팅된 부엌에 들어온 느낌이랄까. 훌륭한 환경이 갖춰져 있어도 활용할 줄 모르는 사람에겐 무용지물일 뿐더러 오히려 압도되어 뭐부터 해야 할지 모르는 상태가 된다. 그래서 초기에는 비교적 단순한 무료 앱들에 더 자주 손이 갔다. 레이

어, 자르기, 선택 영역만 이동, 크기 조절 등 몇 가지 기본
적인 기능만으로도 부족함을 느끼지 않고 즐겁게 그렸다.

그런데 시간이 지나면서 여러 앱을 번갈아 사용할수록
사람들이 좋다고 하는 앱의 진가를 점차 알게 되었다. 알
면 알수록 갈증도 늘어나는 법이다. 유튜브로 강좌를 찾아
보고 다양한 기능들을 필기까지 해가며 공부했다. '이렇게
유용한 기능을 지금까지 모르고 있었다니!' 무릎을 치며 오
랜만에 배움의 기쁨을 느꼈다.

아직도 활용할 줄 모르는 기능들도 있지만 특별히 불편
하지 않을 정도로 기본적인 기능은 대부분 활용하고 있는
것 같다. 다양한 기능을 알고 활용할수록 같은 그림을 그
려도 쉽게, 빠르게, 덜 수고스럽게 그릴 수 있다는 것을 알
았다. 조금씩 능숙해지는 게 느껴져 스스로도 즐거웠다.

처음에는 아이패드로 앞에서 말한 트레이싱 방법을 주
로 썼다. 사진을 베낀 선과 단조로운 채색이 주를 이뤘다.
가끔은 아날로그와 디지털을 섞어 그리기도 했다. 먼저 종
이에 스케치를 하고 그것을 사진으로 찍은 다음 사진을 앱
으로 불러와 거기에 채색을 하는 식이었다. 번거롭게 들리
기도 하지만 그냥 이것저것 가능한 많은 시도를 해보던 때
였다. 앱에는 브러시 종류도 다양하고 여러 버전으로 시도

해 볼 수 있기 때문에 재밌었다.

좋아하는 영화 장면들을 그리기도 했다. 영화 스틸컷을 따라 그리면서 좀 더 자세한 표현들, 채색 방법 등을 연습해 볼 수 있었다. 그러다 한 걸음 더 나아가 새로운 시도를 했다. 다른 이미지를 참고하지 않고 상상으로 그려본 것이다.

어릴 때는 과학 상상화 그리기 대회에서 하늘을 나는 자동차, 해저 도시, 우주여행 등 이 세상에 존재하지 않는 모습들도 뚝딱뚝딱 그려냈다. 그런데 어른이 되어서는 사진을 보지 않고는 사람 한 명 그리기조차 주저하게 되었다. 하지만 디지털 드로잉에서는 자연스럽게 낙서하듯 그리며 시작하기가 수월하다. 종이에 그릴 때보다 부담이 적어 주저함도 줄어든다.

침대 머리맡에 기대 앉아 이불을 덮고 아이패드를 무릎에 올려놓고 그리기 시작했다. 바로 지금의 내 모습을 침대 끝에서 바라본다면 어떻게 보일까 상상하며 그렸다. 얼굴과 이불, 이불 속에 무릎을 세워 앉은 자세가 느껴지도록 이불 천의 주름을 그리고 침대 옆에 있는 작은 탁자 겸 서랍도 그렸다.

아이패드 자리에 대신 책을 그려 넣어 책 읽고 있는 모습으로 바꿨다. 단순하게 그린 만화 같은 결과가 나왔는데 스스로는 꽤 뿌듯했다. 보지 않고 상상으로도 어느 정도 그릴 수 있다는 것을 처음 알았기 때문이다. 분명 간단한 그림이고 누군가에겐 별거 아니겠지만 내게는 의미가 깊었다.

다른 이미지를 보지 않고 그릴 용기가 단번에 부풀어 올랐다. 무엇을 그릴지 고민할 때 늘 사진첩을 들여다보며 대상을 물색했는데 이후로는 머릿속에서 그리고 싶은 이미지를 상상하는 방법도 추가됐다. 자연스럽게 과거의 기억이나 인상적이었던 감정, 그때의 주변 풍경 등으로 생각이 뻗어 나갔다.

아예 경험해 보지 못한 장면을 상상해 그리는 것보다 경험했던 장면을 떠올려 그리는 게 더 쉬워 그랬을 것이다. 사진처럼 정확한 정보는 아니지만 어렴풋이라도 기억 속에 있는 장면들을 재현해내면 되니까 말이다. 노을 지는 풍경을 감상하던 학생 시절의 기억을 그렸다. 그때 찍었던 산 능선과 주황빛으로 물든 하늘이 담긴 사진에는 내가 바라보던 시점의 풍경만 있지만 그림에는 나를 주인공으로 그렸다.

카메라를 들고 창가에 서서 먼 곳을 바라보는 내 얼굴을 그린 것이다. 얼굴을 주황빛으로 붉게 색칠해 노을을 바라보고 있다는 것을 표현했다. 얼굴 표현도, 카메라를 든 손도 어색하기 그지없는 표현력이었다. 하지만 그런 시도 자체가 의미 있었기에 스스로가 대견했다.

제주 여행을 마치고 돌아와 보았던 창밖 풍경도 그렸다. 기억 속에는 창문과 그 너머 산이 있던 풍경만 있었지만 그림 속에는 창문 안쪽에 앉아 밖을 바라보는 나의 뒷모습을 함께 그려 넣었다. 앉아 있는 사람의 자세를 상상만으로 그려야 했기에 어색한 부분이 없는지 여러 번 보며 수정했다. 창문은 그리기가 어려워 검색으로 이미지를 찾아 그중 적합한 사진을 참고했다.

길었던 여행이 모두 꿈처럼 저물어 버린 것 같은 상실감과 일상의 제자리로 돌아왔다는 안도감을 동시에 느꼈던 날이라 기억에 남는 풍경이었다. 그날의 내 감정을 다른 이에게 전달하기엔 턱없이 부족한 그림이었지만 나는 그 그림을 보면 그날의 기억이 바로 떠오른다.

그 외에도 비 오는 날 시외버스를 탔던 기억, 홀로 밤바다를 보았던 기억, 어린 날 집으로 걸어가며 본 길어진 내 그림자 등 기억 속 장면들을 그리는 게 재밌었다. 오래된 내 삶의 장면들을 1인칭 시점이 아닌 3인칭 시점에서 다시 바라보는 것 같았다. 지금 다시 보면 어색하게 표현된 부분들이 부족해 보이기도 하지만 내 그림 여정의 중요한 과정이었다는 생각에 모든 그림이 소중하게 여겨진다. 기회가 되면 같은 주제를 다시 그려보고 싶기도 하다.

디지털 드로잉은 그림의 주제 면에서뿐 아니라 재료 면에서도 다양한 체험을 하게 해 주었다. 여러 드로잉 앱들 속에서 실제와 비슷한 느낌을 주는 브러시들 덕분에 다양한 재료들을 간접적으로나마 경험할 수 있었다. 수채화 브러시는 실제 수채화처럼 물이 번지는 효과가 생생히 살아 있어 놀랐다. 유화 같은 끈적한 느낌이 나는 브러시도 사용하며 재미를 느꼈다. 실제 유화를 그리듯이 하나의 레이어만 사용해 색을 겹쳐 칠하며 몇 날 며칠 동안 한 장의 그림만 그린 적도 있다. 사실적인 그림을 그려보고 싶어 택한 방법이었다. 마카 브러시도 한동안 즐겁게 사용했고, 붓펜 브러시로는 가벼운 선으로 다양한 낙서를 했다.

처음엔 많은 종류의 브러시에 혼란스러웠지만 닥치는 대로 여러 가지를 시도하다 보니 내가 선호하는 브러시를 찾을 수 있었다. 또 전달하고 싶은 분위기에 맞춰 적합한 브러시를 선택하는 안목도 생겼다. 무엇이든 시간을 들인 만큼 얻는 것이 있다는 걸 알게 된 게 어쩌면 그림을 그리며 배운 가장 중요한 사실인지도 모르겠다.

내 열정은 공짜

어느 날 메일함에 낯선 메일이 날아들었다. 평소 남겨둘 메일과 단순 광고처럼 삭제할 메일을 분류하여 그때그때 지우며 관리하는 습관이 있다. 그날도 메일들을 확인하고 정리한 후 마지막으로 스팸 메일함을 정리하러 들어갔다. 제목만 봐도 쓸 데 없는 메일들 사이 낯선 제목이 눈에 띄었다.

장문의 영어로 된 메일에서 기계가 아닌 사람의 숨결을 느낄 수 있었다. 보낸 이는, 당시 내가 그림을 업로드하던 '비핸스(behance)'라는 사이트에서 내 그림을 봤다며 그림에 대한 칭찬을 아끼지 않았다. 그리고 자신은 홍콩의 한 패션 잡지의 에디터이며 일러스트로 잡지 지면에 참여할 기회를 주고 싶다고 했다.

태블릿으로 그렸던 여행지의 사람들과 풍경들을 업로드해 왔지만 어떤 반응을 기대하고 올린 건 아니었기에 신기한 기분이 들었다. 이런 일은 처음이라 메일을 읽으며 가슴이 쿵쿵 뛰었다. 내 그림이 잡지 에디터의 눈에 띄었고, 게다가 맘에 들었다니! 내가 그린 그림이 잡지에 실릴 수도 있다니! 취미로 생각하며 자기만족을 위해 그리던 내게 이런 제안이 왔다는 것 자체가 영광스러운 일이었다.

곧바로 번역기를 돌려가며 긍정적인 답변을 보냈고 여

러 차례 메일이 오고 갔다. 내게 주어진 작업은 스무 명의 유명인들이 한 무대에 올라 있는 모습과 그 아래 또 다른 열 명의 유명인을 포함한 관객들을 그리는 일이었다. 마감일까지 남은 시간은 열흘 남짓이었다. 그려야 할 것이 생각보다 스케일이 커서 덜컥 걱정이 되었다. 내가 할 수 있을지, 폐만 끼치는 건 아닐지 고민되었지만 언제 또 이런 기회가 올지 모른다는 생각에 쉽게 포기할 수 없었다.

그런데 이상하게 어디에도 돈 얘기가 없었다. 작업 기한은 촉박하고 그려야 할 양도 적지 않은데 자신들의 잡지와 협업할 수 있도록 기회를 주는 거라는 말을 선심 쓰듯 했다. 작업료를 받을 수 있긴 한 건가, 궁금한 마음에 내가 먼저 메일 마지막에 슬쩍 질문을 했다. 다시 장문의 답변이 도착했다. 서론이 긴 구구절절한 메일을 요약하자면 '중화권 여러 국가에서 영향력 있는 우리 잡지에 그림이 실리는 것만으로 너에게 영광일 것이다. 하지만 내가 상사와 의논해 특별히 너한테만 100달러를 주기로 했다.'라는 내용이었다.

답변을 통해 원래는 무보수로 진행되는 일이었다는 것, 나 말고도 이런 일을 하는 사람이 있다는 것 정도를 알게됐다. 그리고 그런 답변을 듣고도 난 계속 일을 진행했다.

심지어 처음 경험하는 셈 치고 100달러마저 받지 않겠다고 했다. 돈을 받고 그 대가로 그림을 그린다는 것에 부담감이 컸고 자신감이 없었기 때문이다. 물론 돈 액수가 굉장히 컸다면 받았겠지만 그 정도라면 돈이 중요한 상황은 아니라고 판단했다.

지금 생각하면 말도 안 되는 요구 조건이지만 그때는 정말 아무 것도 몰랐었다. 인터넷에서 보았던 '열정 페이' 같은 단어들이 머릿속을 스쳐갔다. 하지만 아무 경험이 없는, 그러나 그림에 욕심 있는 어느 누가 그런 제안을 쉽게 뿌리칠 수 있을까? 작은 경력 한 줄이라도 있는 것과 없는 것은 다르지 않은가. 이 일이 또 새로운 일로 뻗어나갈지도 모르고, 내가 이런 일을 할 수 있는지 없는지 스스로를 시험해 보고 싶기도 했다. 그런 세속적인 욕심으로 그리기 시작했다.

패션에 별 관심이 없었기에 메일로 받은 유명인 리스트의 절반은 모르는 이름이었다. 낯선 영어 이름들을 하나하나 검색창에 적어가며 자료를 찾으면서 밤낮 가리지 않고 그렸다. 아무래도 유명인들이니 누구를 그린 것인지 그림만 보고도 알아볼 수 있게 그리고자 했다. 그래서 얼굴 생김새는 실제 사진으로 트레이싱하고 나머지 옷과 몸동작

등은 자료를 참고해 나름대로 그렸다. 그리기 어려운 자세가 있으면 '앉은 자세' 등 관련 키워드로 검색한 이미지들을 참고해 가며 적절히 조합해 그렸다. 잘 하고 있는 것인지 의문이 들어 예시로 한 사람 그림을 담당자에게 보냈더니 아주 좋다는 답을 보내왔다.

태블릿에서 할 수 있는 가장 큰 사이즈의 캔버스를 생성해 배경이 되는 무대를 그리고, 각각의 사람들을 모두 모아 배치했다. 다행히 마감일을 지켜 완성본을 보낼 수 있었다. 얼마 뒤 배경을 좀 더 뚜렷한 묘사로 수정해 달라는 요청을 한 차례 받았고 수정본을 보냈다.

나름대로는 최선을 다했지만 받는 쪽에서 만족스러워할지 맘을 졸이는 시간이었다. 서툴기 짝이 없는 그림이었지만 이렇게 많은 노력이 들어간 그림도 없었다. 그냥 취미로 그릴 때와는 완전히 다르게 높은 긴장감으로 내가 할 수 있는 최대치의 능력을 발휘해 본 경험이었다. 그래서인지 굉장히 뿌듯하고 성취감이 있었다. 잡지 한 권의 수많은 페이지 중 하나일 뿐이겠지만 무사히 잘 인쇄되어 발행되길 하루하루 손꼽아 기다렸다.

그런데 잡지가 발행되었을 월초가 지나고 중순으로 접어들어도 아무런 소식이 없었다. 기다리다 못해 잡지가 잘 나왔는지 소식을 물었다. 담당자는 그제서야 내 그림이 들어간 페이지를 따로 파일로 보내 주었다. 잡지의 총 4페이지에 걸쳐 내가 그린 그림들이 페이지를 가득 채우고 있었다. 열 통이 넘는 메일들을 주고받아 가며 많은 노력과 정성을 들여 그린 그림이었기에 결과를 보며 뿌듯했다. 내가 읽을 수 없는 한자들이 그림 옆에 곁들여져 있었고 구석에 아주 작게 내 이름도 들어가 있었다.

이후 같은 담당자가 한 번 더 일러스트 일을 제안했다. 하지만 거절했다. 내 능력치보다 높은 수준의 과제가 힘에 부치기도 했지만 다른 이유가 있었다. 정신 없이 일을 끝내고 그 잡지사에 관련된 자료들을 검색해 보다가 어떤 짤막한 글을 보았다. 글을 남긴 이는 그 잡지사의 일 처리 방식을 좋아하지 않는다고 했다.

수많은 신인 일러스트레이터들에게 메일을 뿌리고 작업료는 지불하지 않는 방식을 지적하는 내용이었다. 어렴풋이 예상하긴 했지만 솔직히 실망했다. 그 담당자는 정말 내 그림이 맘에 들어서 내가 필요했던 것이 맞을까 의심스러웠다. 무보수로, 열정만으로 결과물을 가져다 줄 그 아무라도 상관 없었던 건 아닐까. 나도 일하는 동안 얻은 것이 있지만 쓸쓸한 건 어쩔 수 없었다.

신기하고 놀라운 일이긴 했지만 유쾌한 경험으로 남지 못해 아쉽다. 나의 경험과 같은 일들이 지금도 어디선가 일어나고 있지 않을까 걱정이다. 신인이고, 이렇다 할 경력이 없다는 이유로 내 그림의 가치를 낮춰야 하는 건 아닐 것이다. 인기 작가들만큼은 아니어도 최소한의 노동에 대한 정당한 대가를 요구하는 것은 당연하다.

　갑이 되지는 못해도 먼저 나서서 스스로 을이 되기를 자처할 필요는 없다. 예술가의 절박한 마음을 이용하는 행태가 사라지는 게 빠를까, 내가 남들에게 휘둘리지 않는 힘 있는 그림 작가가 되는 게 빠를까. 갈 길이 멀다.

무엇을 그릴까

나의 즐거움을 위하여, 누군가의 눈치도 보지 않고 꾸준히 그림을 그렸더니 그림이 잡지에 실리기도 하고 포털 사이트 메인 화면에 오르는 등 그전에는 경험해 보지 못했던 일들이 생겼다. 그런 깜짝 이벤트에 잠시 우쭐해져서 뭐라도 된 양 들뜨기도 했다.

그러나 정말 잠시 잠깐의 영광일 뿐 나는 그저 여전히 나였다. 갑자기 내 그림이 인기를 끌거나 주목 받는 기적은 생기지 않았다. 그런 일들이 없었던 이전과 같은 일상이 반복될 뿐이었다. 무언가 새로운 국면이 펼쳐지리라 기대했던 내가 한심할 정도였다. 오늘은 또 무슨 그림을 그려 볼까, 예전 기억들 중에 그림으로 그릴만한 장면은 뭐가 있나, 사진첩을 다시 살펴보며 소재를 찾아볼까 등을 고민하는 일상이 이어졌다.

재미있는 점은 작은 성취라도 한 번 이뤄 보고 나니 또 그런 일이 일어나길 바라게 된다는 것이었다. 어떻게 하면, 무엇을 그리면 또 잠시라도 사람들의 시선을 끌 수 있을까 고민하며 목표점이 살짝 변형되었다. 사람들에게 주목받고 싶어서 그림을 그렸던 것이 아닌데, 나의 즐거움을 추구하던 처음 시작이 흐려졌다. 그런 사실을 인지하고도 계속해서 목표점이 왔다갔다 흔들렸고 이를 고민하는 날이 늘어났다.

눈앞의 빠른 성취를 갈망하니 하나의 그림을 완성하고 나서 새로운 그림을 시작하기 전까지의 시간이 길어졌다. 어떤 날은 그리고 싶은 소재가 퍼뜩 떠올라 뭐에 홀린 듯 단번에 완성할 때도 있지만 또 어떤 날은 밥을 먹으면서도, 길을 걸으면서도 도대체 뭘 그려야 할지 생각하는 일에 골몰했다.

다른 누가 가르쳐 줄 수도 없을뿐더러, 누가 시키면 더 하기 싫어지는지라 혼자 해결해야 했다. 타인의 지시를 따르지 않고 모든 걸 혼자 결정해야 하는 과정이 다행이었다가 원망스러웠다가 했다. 대부분의 시간을 갈피를 못 잡고 이리저리 유영하는 생각을 붙들고 사는 기분이었다.

뭘 그릴까 고민만하다 하루가 가는 날도 허다했다. 그냥 고민할 시간에 눈앞에 있는 사물이라도 그리는 게 나을 때도 있다. 그림을 그리는 동안은 고민을 멈출 수 있을 테니까. 수험생들이 시험에 합격할 수 있을지 걱정하고 괴로워하기보다 그 시간에 그냥 공부하는 게 나은 것처럼 말이다. 공부를 하면 괴로움이 사라지지 않던가.

나도 같은 심정이었다. 그냥 그리면 고민은 사라진다. 하지만 그 사실을 알면서도 책상에 앉아 그림을 시작하기까지 오래도록 고통을 만끽했다. 재밌는 놀이이자 취미가 어느새 부담으로 바뀌어 가고 있었던 것이다. '잘' 하고 싶은 욕심이 불쑥 얼굴을 들이밀었다. 그냥 재밌게 뛰어 놀면 되는데 스스로 높은 허들을 가져와서는 그걸 넘을 수 있을까 없을까 걱정하며 놀지도 못하는 꼴이었다.

몸은 여기 앉아 있는데 마음은 코너에 몰려 있는 기분이었다. 그럴 때 SNS를 보면 수많은 그림 작가들이 멋진 작품들을 뽐내고 있다. 나 빼고 모두 자신의 길을 정확히 알고 한 발 한 발 착착 옮겨 가고 있는 듯이 보였다. 실은 그들도 이러한 고민과 인내와 노력을 거쳐 탄생한 작품들을 선보인 것일 텐데 말이다. 과정은 생각지 않고 결과만 부러워했다.

무엇을 그릴지 떠오르지 않을 때는 산책을 추천한다. 익숙한 동네라도 계절에 따라, 또는 날씨나 시간에 따라 다른 빛을 머금고 있는 걸 관찰해 본다. 어느 담장 안에 새로운 꽃이 피었을지도 모르고, 지나가는 길고양이와 시선이 마주칠 수도 있다. 환절기에 느낄 수 있는 달라진 공기에 과거의 기억들이 떠오르기도 하고, 평소에는 잘 몰랐던 이른 아침의 분위기가 인상적으로 다가올 수도 있다.

나는 그런 일상적인 풍경들에서 그림의 영감을 받는 경

우가 많다. 잡아두고 싶은 느낌이나 장면을 만날 때 사진으로 찍거나 메모해 두면 당장 그림으로 그리지 않더라도 나중에 소재를 찾을 때 도움이 된다. 내 메모장에는 짧막한 한 줄의 글귀들이 많이 저장되어 있다. 그 글들이 언제 어떤 모습으로 세상 밖으로 나오게 될지 지금의 나는 모른다. 현재 내 능력으로는 표현할 수 없어 엄두를 내지 못하지만 몇 년 후에는 멋지게 표현할 수 있을지도 모른다는 희망을 품어 본다.

산책 말고 가볍게 그림일기를 그려 보는 것도 좋다. 인상적이었던 장면을 뽑아 그려도 좋고, 다양한 사건들을 글과 함께 간단한 드로잉으로 남길 수도 있다. 아주 소소한 일이라도 떠올려 그리면 되니 저 멀리서 소재를 찾아야 하는 수고를 덜 수 있어 좋다. 아침에 마신 커피, 새벽잠을 깨운 고양이, 오늘 본 영화, 저녁으로 먹은 메뉴 등 모든 게 소재가 될 수 있다.

그림도 그리고 하루하루 자신에 대한 기록을 남기는 것에서도 의미를 찾을 수 있다. 좀 더 발전시켜 꾸준히 이어갈 수 있다면 그 자체가 하나의 창작 스타일이 될 수 있다. 실제로 평범한 일상 속 이야기들을 만화 형식으로 작업하며 자신의 생각을 녹여내 사람들의 공감을 얻고 있는 작가들도 많다.

무엇을 그리는지는 결국 '나'를 말해 주는 것이기에 고민의 과정은 어쩌면 당연한 일이다. 내 일상의 풍경, 내 머릿속 생각, 기억들, 내 취향인 이미지 등 그림에 영감을 주는 소재가 모두 '나'로 수렴된다. 그 끝에 나란 사람이 있는 것이다. 어떤 대상을 그릴 때 그 대상을 보고 그림으로 표현하고 싶은 마음을 갖게 된 내가 먼저 있었다. 나란 사람이 그 대상에게 왜 매력을 느꼈는지, 매력을 느끼는 포인트가 다른 사람들과 어떤 차별성이 있는지 알아가는 과정이 곧 나를 알아가는 과정이다.

두 사람이 같은 산책길을 걸어도 기억에 남는 인상적인 풍경이 다를 수 있다. 그건 바로 다른 사람들과 구별되는 시선으로 세상을 바라보고 표현하며 나만의 고유함을 찾아가는 과정이다. 내가 살아온 시간 속 경험과 생각들이 모여 지금의 나를 구성하고 있고, 그런 내가 그리는 그림 속에 내 삶의 궤적들이 알게 모르게 박혀 있다.

무엇을 그려야 하는지, 어떻게 그려야 하는지는 살아서 그림을 그리는 한 늘 떠나지 않는 물음일 것이다. 그 속에서 나라는 인간을 알아가는 것은 시간이 오래 걸리고 어려운 일이지만 의미 있는 일이라 생각한다. 그러한 고민의 시간들이 켜켜이 쌓여야 한다. 눈앞의 작은 성취를 좇는 조급한 마음을 내려놓아야 진짜 나의 시선으로 본 대상들을 발견할 수 있다. 빠른 지름길을 찾느라 시간을 낭비하는 대신 앞에 놓인 길을 한 발 한 발 온 정성을 다해 천천히 밟아 나가려는 마음이 필요하다.

그저 취미로 시작했던 그림에 큰마음을 쏟으면서 내면의 갈등은 아직 현재 진행형이다. 잘 하고 싶은 욕심을 버리고 놀듯이 그리며 순수한 즐거움만을 좇을지, 아니면 잘하기 위해 애쓰며 실력 면에서 성장하는 것을 염두에 두고 열심히 그려야 하는지, 두 가지 마음이 왔다갔다 혼재된 채로 그리고 있다. 완벽히 구분할 수도 없다.

그림을 시작하는 단계에서는 그저 즐기는 마음이 가장 중요하다는 생각은 변함이 없다. 그런데 점점 그림에 깊이 다가갈수록 만족할 만한 결과물을 염두에 두지 않을 수 없다. 부담을 내려놓아야 즐거운 창작 활동을 할 수 있지만, 부담감을 이겨 내고 노력을 통해 맘에 드는 결과물을 얻을 때의 기쁨도 굉장히 크다.

이 글을 쓰는 지금은 정성을 들이고 노력해 얻는 기쁨 쪽을 택해 그리는 중이다. 과정 속의 즐거움보다 완성도 높은 결과물을 얻고 싶은 마음을 인정하고 받아들였다. 하지만 또 언제 생각이 바뀌어 이 글을 수정하게 될지 모르겠다. 역시나 오늘도 고민 또 고민이다.

손 그림과 디지털 그림

날씨도 좋고 한가로운 어느 오후, 구석에서 자리만 차지하고 있던 수채 물감과 붓이 눈에 들어왔다. 자신들을 좀 써달라고 내게 말을 거는 듯 왠지 처량해 보여 오랜만에 물을 떠다 책상에 앉았다. 사진 속 사람들을 스케치 없이 대충대충 그리기 시작했다. 밥을 먹고 있는 아저씨, 어느 카페에서 본 커플의 뒷모습, 위아래 모두 분홍색 옷을 입은 여자 등 부담 없이 붓을 든 손을 움직였다.

디지털 그림에 집중하다 오랜만에 붓을 들었더니 손 그림이 가진 감각들이 되살아나 기대 이상으로 짜릿했다. 물감을 물에 풀며 붓을 휘젓는 행동, 물감을 머금은 붓이 종이 위를 지나는 촉감, 붓을 물통에 씻어내는 동시에 들리는 찰랑거리는 물소리. 그 모든 것이 태블릿 액정에 그릴 때는 경험할 수 없는 생생한 현장감을 느끼게 해 주었다.

좋아하는 음악을 들으며 한참이나 즐거움을 만끽했다. 오랜만에 그림을 그리며 휴식하는 느낌이 들었다. 그날의 적당한 온도와 오후의 햇살, 살랑거리던 바람 등 모든 분위기가 그림에 집중하고 있던 나를 빛내 주는 것 같았다. 손 그림만이 줄 수 있는 낭만이 분명 존재함을 알게 된 날이다.

디지털 그림만 그리다 보면 어느 날 잊고 있던 손 그림에 대한 욕구가 찾아왔다. 그러면 디지털 그림은 접어 두고 한동안 손 그림에 집중했다. 먼지 쌓인 스케치북을 꺼내 그리거나, 펜드로잉을 하며 손바닥만 한 노트 한 권을 채우기도 했다.

그런데 또 시간이 지나면 디지털 그림의 간편함과 다양하고 손쉬운 효과들이 그리워 다시 디지털 그림에 전념했다. 맘에 들지 않는 부분은 쉽게 지우고, 비율이 맞지 않으면 늘였다 줄였다 하면서 보기 좋게 수정을 했다. 이렇게 두 가지를 함께 병행하며 일정한 주기가 있는 것처럼 왔다 갔다 했다.

결과물만 놓고 볼 때는 디지털 그림이 만족스러울 때가 더 많았다. 아무래도 수정이 쉽고 이리저리 편집하며 완성도를 높이기도 용이하기 때문이다. 그래서인지 디지털 그림을 그릴 때는 실력이 자란 것 같았는데 손 그림을 그리면 부족함이 눈에 띄어 들통나는 기분이었다. 기본기가 부족하니 두 매체 사이에 간극이 있는 것 같다.

나는 손 그림으로 시작했지만 많은 연습과 소재의 확장을 모두 디지털로 경험했기에 기본기를 길러야 할 시간에 그림 앱의 다양한 기능들을 익혀 온 것 같다. 내 부족한 실력을 가려 주는 편리한 기능 덕을 보며 그려왔나 보다.

손 그림과 디지털 그림의 차이는 필름 카메라와 디지털

카메라의 차이와 비슷하다. 필름 카메라로 사진을 찍으려면 우선 필름을 준비해야 한다. 손 그림을 그리기 위해 종이와 연필, 물감 등 재료가 필요한 것처럼 말이다. 필름이 준비되면 찍을 대상을 찾아 뷰파인더를 통해 대상을 바라본다. 적당한 구도를 잡아 숨을 참고 셔터 버튼을 누르면 기분 좋은 찰칵 소리가 난다. 그리고 뷰파인더를 통해 봤던 대상이 필름에 기록된다. 다음 사진을 위해 필름 레버를 당겨 다음 장으로 필름을 돌린다.

이 일련의 과정에서 아날로그의 감성과 손맛을 느낄 수 있다. 손 그림에서만 느낄 수 있는 감성적인 분위기처럼 말이다. 필름을 현상해 인화하면 손에 잡히는 결과물을 만날 수 있다. 손 그림도 종이나 캔버스 같은 실물로 결과물이 남는다. 번거로워도 필름카메라만이 구현할 수 있는 분위기 때문에 필름만 고집하는 사진가들이 있다. 손 그림도 디지털 그림이 대신 해 주지 못하는 부분들이 있다.

디지털 카메라는 필름 대신 파일을 저장할 수 있는 메모리 카드가 있어야 한다. 실수를 해도 필름이 닳고 소비되는 일이 없기 때문에 가볍게 찍고 삭제해도 손해가 없다. 찍는 과정에서의 손맛은 필름 카메라에 비해 떨어지지만 후 보정을 통해 사진의 퀄리티를 높일 수 있다. 그리고 사진을 인화하지 않는 이상은 실물이 아닌 파일 형태로 존재한다. 여러모로 디지털 그림과 비슷한 부분이 많다.

사진 찍는 걸 좋아했던 20대 초반, 필름 카메라를 들고 쏘다니던 시절이 있었다. '찰칵' 하는 그 소리가 좋아서, 필름 현상을 맡기고 기다리는 동안의 그 설렘이 좋아서, 투박하지만 따뜻한 사진 분위기가 좋아서 무거운 카메라를 메고 매일 다녔더랬다. 그러다 디지털 카메라와 휴대전화 카메라의 간편함을 뿌리치지 못해 점점 멀어졌다. 아주 가끔 생각날 때나 찾는 존재가 되었다. 하지만 필름 사진만이 갖는 특유의 색감과 분위기는 여전히 참 좋다.

요즘은 디지털 그림을 더 자주 그린다. 대신 디지털로 손 그림의 느낌을 내기 위해 노력하고 있다. 디지털 그림 강좌에서도 디지털이지만 색연필, 수채화, 오일 파스텔, 유화 등 손 그림처럼 보이게 그리는 방법을 가르치는 강좌들이 인기다. 많은 사람들이 손 그림의 고유한 분위기와 디지털의 편리함 둘 중 어느 것도 포기하고 싶어 하지 않는다는 반증이다.

나 또한 디지털로 그리지만 자로 잰 듯 딱 떨어져 차갑게 보이지 않도록 신경 쓴다. 종이나 캔버스에 그린 듯 보이도록 일부러 질감을 표현해 넣기도 한다. 그러나 백 퍼센트 손 그림과 같은 결과물을 만들어 내기는 어렵다.

두 가지를 옮겨 다니며 그리다 보니 전혀 다를 것 같은 두 가지가 서로에게 도움을 준다는 것도 알게 되었다. 수채화만 6개월 정도 열심히 그리다가 오랜만에 디지털 그림을 그렸을 때 이전에는 할 줄 몰랐던 다채로운 채색을 하게 됐다. 흐린 하늘의 무거운 구름을 그리며 회색 위에 채도 낮은 분홍색을 옅게 칠했다. 이전 같으면 그냥 회색 계열만으로 그렸을 텐데 의외의 분홍색이 추가되자 구름이 한층 풍성해 보였다.

색에 대한 감각이 부족해 눈으로 보면서도 대체 어떤 색을 칠해야 할지 모를 때가 많았는데, 물감을 다루며 나도 모르는 사이 터득하고 있었던 것이다. 그리고 또 디지털 그림으로 풍경화를 많이 연습한 덕에 수채 물감으로도 한 장의 풍경 그림을 완성하는 데 주저함이 없어졌다.

손 그림이든 디지털 그림이든 한 가지만 진득하게 하지 못하고 갈팡질팡하는 것에 고민이 된 적도 있다. 하지만 이렇게 알게 모르게 둘 다 서로 도움이 된다는 사실을 알고 기뻤다. 두 가지 모두 내 그림 생활에 없어서는 안 될 중요한 역할을 해왔다. 아마 앞으로도 계속해서 두 가지를 왔다 갔다 하며 방황 아닌 방황을 하지 않을까 싶다.

사진 보고 그리기

어느 날 친구가 SNS에 직접 그린 그림을 올려놓은 것을 보았다. 평소에 그림 그리는 모습을 자주 못 본 것이 의아할 만큼 그림이 근사했다. 그림이 멋지다고 감탄하는 말을 전했더니 친구가 대답했다.

"보고 그린 거라서……. 안 보고는 못 그려."

그림 실력이 모자라다는 의미로 겸손하게 대답한 것이었는데, 그 말 속에 그림 작가라면 다른 것을 참고하지 않고 상상만으로 그릴 것이라는 생각이 담겨 있는 듯했다.

"보고 그려도 돼. 그림 작가들 중에서도 사진을 참고해서 그리는 사람 많아."

나의 말에 친구는 처음 알았다는 듯 놀랐다.

사진을 보고 그리는 것에 대해 고민한 적이 많다. 주로 직접 찍은 사진을 보고 그림을 그리는데 가끔은 이것이 백 프로 온전한 내 그림인가 의문이 들 때가 있다. 처음부터 끝까지 상상만으로 그리는 그림이 진짜가 아닐까 생각하기도 했다.

처음에는 자연스럽게 사진을 보고 그렸다. 길을 걷다가 그리고 싶은 장면을 만나면 짧은 시간 안에 머릿속에 자세히 기억할 수 없어서 사진을 찍어 기록하고, 후에 편안한 공간에서 사진을 꺼내 보며 천천히 그린 것이 시작이었다.

그리고픈 대상은 언제 어디서 만날지 알 수 없는데 그 때마다 바로 그 자리에서 현장 드로잉을 할 수도 없고, 기억만으로 그리기에는 이미지를 세세히 표현할 수 없다. 사진으로 남겨 두면 나중에 언제든 자세히 그릴 수 있기에 사진만한 보조 도구가 없다.

　　시작은 그렇게 당연히 납득할 만한 이유였지만 시간이 지난 어느 날, 참고하려는 풍경 사진 한 장을 그대로 화폭에 옮기기에 급급한 나를 발견했다. 사진에 찍힌 구도와 색감, 질감, 분위기 등 모든 것을 그대로 재현하는 것이 목적인 것처럼 그림을 그려 어떤 것은 사진인지 그림인지 분간이 안 갈 정도였다.

　　사진을 그림으로 똑같이 옮기는 게 무슨 의미가 있을까 싶었다. 누군가는 내가 SNS에 올린 그림을 보고 '사진인 줄 알았어요' 하는 댓글을 달기도 했지만 그 말이 칭찬으로 느껴지지 않았다. 똑같이 따라 그리려다 보니 사실적인 표현을 연습하는 데는 도움이 되었겠지만, 나만의 개성이 담긴 그림 스타일을 구축하는 것에는 오히려 방해가 되는 것 같았다.

　　사실적인 표현을 추구하는 작가들도 많지만 나는 그림이 더 그림다웠으면 하는 마음이 있었기에 고민이 되었다.

사진은 적절히 참고만 하고 그리는 과정에서 내 개성을 입혀야 하는데 그럴 능력이 부족했다. 사진 속 풍경이 맑은 날씨면 맑은 날의 밝은 색과 그림자들을 그렸고, 흐린 날에는 흐린 하늘과 가라앉은 색감으로 그렸다.

사진에 보이는 모습 그대로만 그릴 수 있었기 때문이다. 흐린 날 보았던 이 풍경이 맑은 날엔 어떤 모습, 어떤 색깔일까 상상할 생각조차 못 했고 상상해 보아도 잘 몰랐을 것이다. 이렇게 그리다가는 사진으로 존재하지 않는 풍경은 아예 그릴 수 없게 되는 건 아닐까 걱정이 되기까지 했다.

물론 상상한 풍경도 그렸다. 오래 전 추억이나 머릿속에 떠오르는 이미지를 그림으로 옮겨 보기도 했다. 그런데 비교적 간단한 풍경이니 가능했지, 사진을 보고 그렸을 때보다 엉성하고 부족해 완성도가 떨어져 보였다. 그 때문에 다시 사진을 보고 그리는 방식으로 되돌아오게 됐다.

지금은 사진을 보고 그리는 것에 대한 고민 따위는 사라졌다. 어떤 풍경을 보았을 때, 그리고 그 풍경을 사진으로 찍었을 때, 그 사진을 그림을 그리기 위해 골랐기에 이 모든 과정에 내 취향과 감각이 이미 작용한 것이기 때문이다. 더 나아가 사진을 참고해 그렸지만 그림답게 보이도록 재구성하고 재해석하는 능력도 조금은 생긴 것 같다. 사진에서 강조하고 싶은 부분만 잘라 그리거나, 색감을 분위기에 맞게 바꾸는 등 이런저런 시도를 해 보고 있다.

풍경만 있는 사진이었지만 그림에서는 사람을 추가해서 넣기도 하고, 사진 속의 복잡한 부분은 단순화해서 표현하기도 했다. 맑은 하늘을 노을 지는 하늘로 바꾸어 보기도 하고, 낮에 찍은 사진을 보고 밤 풍경으로 바꿔 그려 보기도 했다. 적절한 사진 자료를 찾고 나름대로 재해석하는 것도 그림에 유용한 능력이라고 생각하게 되었다.

나의 외장 하드와 클라우드에는 직접 찍은 사진이 굉장히 많다. 원래부터 사진이 취미여서 일상, 여행, 자연 풍경, 도시 풍경 할 것 없이 아주 다양한 사진들이 저장되어 있다. 좋은 풍경을 만나거나, 기억해 두고 싶은 장소나 분위기가 있으면 습관적으로 사진을 찍어왔다. 사진 한 장에 여러 이야기와 마음을 담고 싶었다.

그림을 시작한 후로는 사진 그 자체보다는, 그림에 도움이 될 만한 사진을 찍는 경우가 대부분이다. 예전에는 사진으로 찍으면 좋을 풍경들을 찾았다면, 요즘은 그림으로 그릴 만한 풍경을 찾는다. 또 그림에 담을 때 좋을 구도를 생각하며 사진을 찍는다. 세상을 보는 눈이 그림 중심으로 조금 바뀐 것인지도 모르겠다.

어릴 때부터 찍은 수많은 사진들이 훗날 내 그림의 소재가 되어줄 줄은 전혀 몰랐다. 시기별로 장소별로 분류해 놓은 많은 사진 폴더들을 탐색하며 그림으로 그리고 싶은 사진을 골라 따로 저장한다. 예전에 봤던 폴더라고 안 보는 게 아니다. 다시 보고 또 본다. 왜냐하면 그때그때의 느낌에 따라 같은 사진이 다르게 보이기 때문이다. 예전에는 눈여겨보지 않던 사진이 오늘 다시 봤을 때는 정말 그리고 싶을 수도 있다.

사진을 고르며 내 실력이 처음보다 향상되었음을 느끼기도 한다. 예전에는 사람만 그렸기 때문에 사진 속에 찍힌 사람을 중점적으로 보며 찾았지만, 내 소재의 범위가 확장되면서 풍경 사진까지 집중해서 보았다. 사진은 맘에 들지만 어려워서 그릴 엄두가 나지 않던 사진도 이제 그릴 수 있게 되었다.

혼자만 아는 조그만 전진이 뿌듯했다. 내가 그릴 수 있는 범위가 늘어날수록 더욱 많은 사진들이 그림으로 새롭게 태어날 준비를 하는 중이다. 내게 내 사진 폴더들은 보물 창고나 다름 없다.

내게 맞는 재료

엄청나게 다양한 그림 재료들이 시중에 쏟아져 나온다. 그중 자신에게 잘 맞는 재료를 찾으면 더 재미있게 그림 생활을 할 수 있으니 다양한 재료를 접해 볼 필요가 있다. 하지만 모든 재료를 직접 사용해 보기에는 돈과 시간, 재료가 낭비될 수 있다. 분명 몇 번 사용하지 않고 재료를 수북이 쌓아 둔 사람들이 많을 것이다. 구입할 때는 큰 맘 먹고 앞으로 열심히 그리겠다 다짐하지만 다짐은 얼마 못 갈 때가 많다. 그러니 무턱대고 사기보다 충분히 자료를 찾고 간접 경험을 해 보고 결정해도 늦지 않다.

다양한 재료를 직접 사용해 보고 리뷰해 주는 친절한 영상들이 많이 있으니 참고하면 된다. 실제로 사용하는 모습을 바로 옆에서 보는 것 같다. 한 가지 주의할 점은 그 재료를 내가 사용한다고 영상 속 능력자들과 같은 결과가 나오지는 않는다는 것을 기억해야 한다.

먼저 재료와 충분히 친해지는 시간이 필요하다. 기대했던 결과가 나오지 않는다고 일찍 흥미를 잃지 말고 인내해야 한다. 입문자들에게 소개한다는 가정 하에 내가 접한 정보들을 토대로 설명해 본다. 보다 정확하고 상세한 정보는 각자 찾아보는 것이 좋다.

연필: 일반 연필부터 미술용 4B, 6B, 8B 등 진하기에 따라 다양한 연필들이 있다. 밑그림을 그릴 때 많이 사용하지만 연필 하나만으로 멋진 그림을 그리는 사람들도 많다.

펜: 모두에게 익숙한 재료로 굵기, 색 등 각자 취향에 맞게 고르면 된다. 그리기 전 준비해야 할 것이 딱히 없어 간편하다.

잉크: 펜촉에 잉크를 찍어 간결한 선으로 그림을 그리면 감성적이 되는 것 같다.

색연필: 종류가 다양한데 유성 색연필을 쓰는 사람들이 많다. 한 면적을 한 가지 색으로 꾹꾹 진하게 칠하는 사람도 있고, 여러 가지 색을 엷게 섞어가며 칠하는 사람도 있다. 특히 수성 색연필은 수채화 같은 효과를 얻을 수 있다. 100가지 색이 넘는 패키지도 있는데 가격도 그만큼 비싸다. 처음부터 큰 패키지를 구입할 수도 있지만 어느 정도 익숙해지면 자신이 자주 쓰는 계열의 색만 낱개로 구입하는 방법도 있다. 수채화를 그리고 세부적인 표현은 색연필로 마무리하기도 한다.

마카: 마카는 냄새가 나는 매직과 비슷한 느낌을 상상하게 된다. 마카로도 마치 수채화를 그리듯 색 위에 색을 올리며 섞어 표현하는 사람들도 있다. 파스텔 톤의 예쁜 색들이 셀 수 없이 다양하다.

오일파스텔: 처음 '오일파스텔'이라는 말을 접했을 때는 이게 뭔가 했는데, 우리가 어릴 적 흔히 쓰던 크레파스가 오일파스텔이다. 몇 년 전부터 보이기 시작하더니 오일파스텔을 주 재료로 작업하는 사람들이 요즘 엄청나게 늘어났다. 예쁜 색 조합을 토대로 간단한 정물을 그리는 사람부터 유화를 그리듯 수많은 색을 섞어가며 인물, 풍경 등 다양하게 그리는 사람들이 많다. 거칠고 꾸덕한 질감과 오묘하게 색이 섞이는 느낌이 매력적이다. 오일파스텔은 단단하고 무른 강도에 따라 쓸 때 느낌이 다르다고 하니 자신에게 맞는 회사 제품을 찾으면 된다.

수채물감: 미술 시간에 다들 사용해 봤을 것이다. 물에 물감을 풀어 사용하고 색을 섞기가 쉽다. 물 조절이 가장 중요하고 필요한 기술이다. 도톰한 수채화 전용 종이를 사용하면 훨씬 수월하다. 품질에 따라 종이도 종류가 많고

가격 차이가 많이 난다.

과슈물감: 수채 물감보다는 생소한 재료지만 많은 사람들이 사용하고 있다. 수채과슈와 아크릴과슈 두 종류가 있다. 색의 밝기 조절을 흰색 물감으로 하기 때문에 물로 조절하는 수채화보다 불투명한 느낌이 든다. 사용할 때 그때그때 짜서 사용하는 게 일반적이다. 특히 아크릴과슈는 짜두고 시간이 지나면 굳어서 쓸 수가 없다. 색 위에 색을 자유롭게 올릴 수 있다는 점이 매력적이다. 초록 들판 위에 노란 꽃을 그리는 경우를 예로 들어 보자. 일반 수채 물감으로는 짙은 색 위에 노란색을 올리면 명확히 잘 보이지 않아서 꽃 부분을 미리 정해 침범하지 않게 조심조심 초록색을 칠해야 한다. 그러나 과슈로는 초록 들판을 한 덩어리로 칠해 두고 후에 노란색을 올려도 노란 꽃이 선명하게 보인다. 내가 과슈를 써 보고 싶은 이유다.

아크릴물감 & 유화물감: 대학 때 명화 모작 수업에서 딱한 번 아크릴 물감을 사용해 보았다. 두껍게 물감을 올릴 수 있고 과슈처럼 색 위에 색을 얹는 것이 용이하다. 유화물감은 기름을 섞어야 해서 그릴 때 냄새가 많이 난다고 한다. 솔직히 이 외에는 잘 모르겠다. 커다란 캔버스에 유화를 그려 볼 날도 내게 있으려나.

이상은 내가 자주 정보를 접해온 것만 골라 이야기한 것이다. 나는 되도록 재료를 쌓아 두지 않는 편이다. 내 몫의 써야 하는 종이나 물감이 구석에 있으면 마음의 짐처럼 얼른 무엇이든 그려 소비해야 할 것 같은 압박감이 밀려온다. 그래서 새로운 재료를 사는 것도 늘 주저한다. 있는 재료도 과감하게 사용하지 못하고 조금씩 아껴 쓰게 된다. 요리할 때 재료를 아끼면 맛있는 음식이 나오지 않는다던데 그림 재료를 아까워해서야 좋은 그림이 나올 수 있을지 모르겠다.

새로운 재료가 생겼다고 갑자기 전에 없던 능력이 발휘되지는 않겠지만, 늘 같은 재료만 쓰는 것보다 신선하고 색다를 것이다. 또 한 장의 그림을 처음부터 끝까지 한 가지 재료로만 그려야 되는 것도 아니기에 다양한 재료를 혼합하여 사용하는 것도 새로운 작업 방식이 될 수 있다. 자신과 궁합이 잘 맞는 재료를 찾아가는 과정 자체가 재밌는 시간일 테니 모두 자신에게 알맞은 재료를 찾아 즐겁게 그려 보기 바란다.

아침의 누드 크로키

한국에서의 삶은 늘 짜인 스케줄대로 흘러갔다. 학교 가야 할 시간에 학교 가고, 출근 시간에 맞춰 부랴부랴 출근하고, 일이 끝나면 퇴근하고, 퇴근 후에 자유시간을 누렸다. 그 시간을 최대한 게으르게 내 멋대로 썼다. 그것이 일한 내게 주는 보상이라도 되듯이. 아침에 눈을 뜨면 내가 가야 하는 곳이 정해져 있는 생활. 내가 아는 대부분의 사람들이 모두 그렇게 살았다.

모두가 치열하고 바쁘다. 주어진 것을 당연하게 받아들이고 남들처럼 사는 것이 좋은 것이라 여기는 사회다. 나도 얌전히 순응하며 사는 듯했지만 실은 그런 사회 속에서 많이 답답했다. 짜여 있는 틀에 내가 나를 구겨 넣고 맞춰야 하는 게 싫었다. 틀 밖의 이방인이 되기를 꿈꿨다. 남들이 모두 예상하는 길 그 반대로 가는 일탈을 원했다.

그래서 모두가 달리는 트랙에서 한 발짝 물러나 있는 태도를 취했다. 모두 성실히 땀 흘리며 뛰어도 여유롭게 걷는 사람처럼. 마음속까지 여유로웠는지는 모르겠지만, 때때로 즉흥적이었다. 그런 모습은 잠깐씩 떠나는 여행에서 극대화되었다. 여행에서는 자유롭게 내 본래의 모습이 나오는 것 같았다.

긴 여행을 떠나니 정해진 스케줄이 없다. 기상 알람을

맞춰 두고 억지로 눈을 비비며 일어날 필요도 없다. 더 이상 잠이 오지 않을 때까지 누워 있어도 된다. 바쁘게 종종걸음을 걷지 않아도 되고 신호등이 깜빡거릴 때 뛰어서 건너야 할 일이 없다. 다음 신호를 기다리면 되니까. 조금 일찍 간다고 나를 칭찬할 이유도, 늦게 간다고 꾸중 들을 이유도 없다. 아무도 내가 몇 시까지 올 거라는 기대를 하지 않기 때문이다.

아침에 눈을 떴을 때 가야 하는 곳, 해야 하는 일이 없다는 사실이 낯설었다. 비로소 자유가 주어졌다. 쳇바퀴 돌던 삶에서 스스로 튕겨져 나왔다. 이제는 주어진 틀에 억지로 나를 맞출 필요 없이 내 본연의 모습대로 살면 된다.

처음의 해방감이 슬슬 익숙해지려 할 때 알았다. 나는 그다지 즉흥적이지도, 마냥 게으르지도 않은 인간이란 것을. 꽤 계획적인 인간이었다는 것을 말이다. 사실 놀랐다. 나도 나를 모르고 살았던 것이다. 과하게 촘촘한 사회에서 살기 위해 스스로 숨 쉴 틈을 만든 것뿐이지 실제로는 어느 정도 짜인 스케줄대로 사는 걸 좋아하는 인간이라는 사실을 알게 되었다.

이전의 여행들은 돌아갈 날짜가 정해져 있는 시한부 인생 같은 시간이었기에 좀 더 자유롭고 즉흥적일 수 있었다. 일상에서의 나와 다르게 과감할 수 있었다. 그러나 여행이 일상이 되어 버린, 왕복 티켓이 아닌 편도로 온 여행은 조금 달랐다.

일 년 내내 일하고 잠깐 떠나는 휴가에서는 누구나 푹 쉬고 세상 걱정 다 잊고 놀 수 있다. 그러나 일 년 내내 휴가를 즐기라고 하면 정말 마냥 놀 수 있는 사람이 몇이나 될까. 한국인이라면 더더욱 일 년이란 시간을 어떻게 알차게 보낼 수 있을지, 어떤 방식으로 영혼을 성장시킬지 당장 계획부터 짤지도 모른다. 읽고 싶은 책 리스트를 만들거나 경험해 보고 싶은 체험들을 조사해 스케줄을 짜면서, 그냥 쉬라고 해도 부지런히 움직일 것이다.

끝이 정해지지 않은 자유 속에 던져진 나를 겪어보니 나는 별로 즉흥적인 사람이 아니었다. 머릿속에 사소한 것까지 미리 정하고 계획대로 움직이는 걸 좋아하고, 그럴 때 안정감을 느꼈다. 계획이 차근차근 실현될 때 행복감을 느꼈고 정해둔 일정이 계획대로 이루어지지 않았을 때는 엄청난 스트레스를 받는 나를 발견했다.

더욱이 아무것도 안 하고 시간을 허비했다는 생각이 들면 괴로웠다. 스스로 생산적인 일을 만들어서라도 해야 안도할 수 있었다. 그리하여 여행을 기록하고 사진을 찍어 올리고 글을 쓰고 그림을 그리고 흐지부지 지나가는 시간을 조금이라도 붙잡아 두고자 했다.

늘 떠나지 못해 안달이던 내가 한 곳에 정착한 후에는 '집순이'로 변했다. 오랜 방랑 끝에 다시 정착 생활을 하자니 익숙한 안정감이 좋았다. 내일 몸을 누일 공간은 어디일까 고민하지 않아도 되었다. 여행 초기에는 그 고민이 그렇게 설렐 수가 없었는데, 일상이 되니 행복했던 고민은 걱정이 되었고 나는 점점 피곤해지고 지쳐갔다. 청개구리 심보인 건지 늘 한 발 늦다. 익숙할 때는 그 소중함을 모르고 가질 수 없는 것을 좇아 스스로 결핍 상태를 만든다. 그러고는 그 결핍으로 불행을 자처한다.

한 번은 싱가포르에서 이런 적도 있었다. 숙소 체크아웃 시간이 되어 무거운 배낭을 짊어지고 길을 걷는데 마침 점심시간이었나 보다. 주변에 회사들이 많았는지, 식사를 위해 건물 밖으로 한꺼번에 쏟아져 나온 직장인들이 길에 가득했다. 말끔한 정장을 입고 또각또각 소리가 나는 구두를 신은 직장인들 모습에 '아, 한때 나도 저런 시절이 있었지' 하며 그 시절을 추억하는 내 모습에 화들짝 놀랐다.

이제 하다하다 견디기 힘들어 도망쳐버린 그 시절까지 아름답게 포장하고 있구나 싶었다. 내게 없는 것만 골라 욕망하는 이 지긋지긋함이란. 그 직장인들 눈에는 다 늦게 부시시한 차림으로 여행 배낭을 메고 어슬렁거리는 내가 부럽지 않았을까? 그땐 몰랐는데 지나고 보면 '참 좋았구나' 싶을 때가 많다. 당시엔 왜 알지 못했을까. 감사한 것들은 보지 못하고 불행할 이유를 먼저 찾아 괴로워할까. 그러고 보면 지금 내 옆의 익숙한 것들에 감사할 줄 아는 사람이 똑똑한 사람이다. 그걸 알면서도 난 늘 어리석은 편에 속했던 것 같다.

한 곳에 정착하면서 내게 맞는 규칙적이고 계획적인 생활이 더 가능해졌다. 집에 있는 시간을 잘 보내기 위해서는 일정한 루틴대로 움직이는 게 좋다. 일부러 루틴을 만들려고 한 건 아니지만 반복적으로 하루를 살다 보니 자연스럽게 루틴이 만들어졌다. 특히 아침 기상 후 시간을 알차게 쓰면 하루를 시작하는 느낌이 좋아 자연스레 긍정적인 기운이 생기는 걸 느꼈다.

아침에 일어나면 청소 등 집안 정리를 먼저 간단히 한후 커피 한 잔과 함께 책상에 앉았다. 다이어리에 오늘 할일 리스트를 적어 본다. 아주 소소한 것들이다. 그림 그리기, 장보기, 메일 답장하기 같은 작은 일이라도 적고 그 일을 실행에 옮기면 체크 표시를 한다. 아침에 맑은 정신으로 계획을 하고 계획대로 일을 처리하면, 오늘 이 하루를 낭비하지는 않았다는 생각이 들어 무기력에 빠지지 않는다.

한동안 그 리스트에 '아침 크로키'라는 항목이 있었다. 매일 손을 움직여 뭐라도 그리는 시간을 만들기 위해 시작한 것이었다. 그림을 그리던 사람이 얼마 동안 그림을 그리지 않고 쉬다가 다시 그리려 하면 '손이 굳었다'고 말한다. 또 본격적인 작업을 시작하기 전에 연습 삼아 스케치를 하며 '손을 푼다'는 표현도 한다.

나는 솔직히 손이 굳거나 풀리는 느낌을 체감해 본 적이 그다지 없다. 유난히 그림이 잘 안 그려지는 날이 있긴 하지만 오래 그리지 않아서 그런 건 아니었다. 아직도 능숙한 손놀림이 어떤 것인지 느끼지 못하는 것은 아닐까. 어쨌든 매일 그림을 가까이 하려는 마음으로 아침 루틴에 크로키하는 시간을 고정시켰다.

'크로키'란 인물의 형태와 동작의 특징을 관찰하여 그림으로 옮기는 것이다. 보통 시간을 설정해 두고 빠른 시간 안에 옮기는 훈련을 한다. 관찰력과 형태에 대한 감각을 높여 대상을 잘 묘사하기 위한 연습이다. 그림 실력을 위한 연습이기도 하지만 그 자체로 하나의 작품이 되기도 한다.

시간은 상관 없이 감각적인 선으로 매력적인 크로키 작

품을 그리는 작가들을 SNS에서 많이 보았다. 내가 처음에 거리에서 본 사람들을 펜으로 더듬더듬 그렸던 것도 일종의 크로키였던 셈이다. 이번에는 손의 감각을 훈련하는 느낌으로 더욱 집중적으로 해보고자 했다.

실물 모델을 보고 그리는 것이 가장 좋지만 상황이 여의치 않을 때는 모델 이미지를 참고해도 된다. 구글에 크로키를 검색하면 쉽게 자료를 찾을 수 있다. 30초, 1분, 2분 등 스스로 시간을 설정하면 시간마다 자동으로 다음 이미지로 넘어가는 사이트도 있다.

시간이 너무 짧으면 어려울 것 같아서 2분으로 설정하고 시작했다. 처음에는 옷을 입은 모델들이 나오게 설정했는데 옷을 그리는데 시간이 많이 걸려 누드 모델 이미지로 바꾸었다. 그림을 그리면서 한 번도 그려 보지 못한 자세들에 당황스러울 때가 많았다. 어디서부터 어떻게 그려야 할지 알 수 없어 연필 선이 우왕좌왕했다.

2분이란 시간이 이렇게나 짧은 시간이었나 싶게 시간이 금방 흘렀다. 상체만 그리다가 끝나 버리기도 하고 비율이 맞지 않아 이상한 결과들이 나오기도 했다. 스무 명의 사람을 그렸고 금세 40분이 지나갔다. 40분이면 꽤 긴 시간이라고 생각했는데 무언가에 집중할 때의 시간 속도는 역시 평소와 참 달랐다.

오늘 그린 페이지들을 다시 한 장씩 넘겨보고는 '아침 크로키' 항목 앞에 체크 표시를 했다. 그렇게 하루하루 해 보면서 필요할 때 변화를 주었다. 40분은 너무 긴 것 같아서 30분, 25분으로 줄여 나갔고, 유튜브의 영상 자료가 더 나은 것 같아서 유튜브로 옮겨와 크로키를 하기도 했다.

한 유튜브 채널의 영상은 1분 크로키로 시작해 2분, 5분으로 그리는 시간이 점점 늘어나는 식이었다. 처음에는 빠르게 윤곽 정도만 슥슥 그려도 시간이 모자라지만 시간이 늘어날수록 몸의 굴곡과 근육에 따른 형태, 그림자까지 관찰해 그려야 할 만큼 시간이 길게 느껴졌다. 역시 아무것도 모르더라도 부딪혀 보는 게 중요하다. 첫날, 둘째 날에 비해 갈수록 익숙해졌고 그림도 조금씩 나아지는 것 같았다.

참 좋은 시대에 살고 있다. 뜻이 있다면 누구든지 많은 자료들을 쉽게 접할 수 있으니 재미 삼아 도전해 보기에도 제약이 없다. 긴 시간이 필요한 것도 아니어서 자투리 시간을 활용할 수도 있다. 실제 지하철에서 주변 승객을 크로키 하는 사람을 본 적도 있다.

뭐든지 마음이 향한다면 방법은 찾기 마련이다. 내 마음은 어디로 향하는지 찾아 계획을 하고 리스트에 적고 실행에 옮기며 오늘도 부지런을 떨어야겠다.

애증의 SNS

우리의 내면은 단순하지 못해 늘 복합적인 감정들을 느끼며 산다. 누군가와의 사랑을 지나오면 '사랑'이라는 단어가 한 가지 결로 이루어져 있지 않다는 걸 알게 된다. 애정, 우정, 연민, 증오, 알 수 없는 수많은 감정들이 뒤섞인 터널 속을 허우적거리는 일이다. 그 모든 감정을 더해 나온 정답이 딱 사랑인 건지 모르겠다.

하나의 감정으로 이루어진 관계가 있을까. 어떤 사람은 너무 매력적이라 얄밉다. 미운 짓을 골라 하는데도 마냥 미워할 수 없는 사람도 있고 별로 달갑지 않지만 한 편에서 늘 마음이 쓰이는 사람도 있다. 어떤 사람은 닮고 싶으면서도 질투가 생긴다. 사람과의 관계뿐만 아니라 사물을 대하는 마음도 그럴 때가 있다. 카페인에 의존하기 싫어 자제하던 커피를 요즘은 거의 매일 마신다. 매력적인 향이 천사 같기도 악마 같기도 하다.

처음 관계가 형성되기 시작할 때는 이 관계가 어떻게 흘러갈지 잘 모른다. 적당한 긴장감과 함께 즐거움을 느끼면 한 번, 또 한 번 만남이 이어진다. 그림과도 그랬다. 가벼운 만남으로 우연처럼 시작했고 즐거움과 함께 만나는 횟수가 늘어갔다. 함께할 때의 즐거움은 어느새 사랑이 되고 집착이 되고 부담이 되고 욕심이 되고 알 수 없어졌다.

내가 그림을 좋아하는 것이 맞는지 의문이 들 지경까지 왔다. 적당한 거리를 두고 가끔씩만 즐거운 관계로 살 수는 없었나. 아니면 이 모든 감정이 무의미해질 정도로 더욱 그림에 온 시간을 바쳐 몰입해 살아야 하는 건가. 모르겠다. 뭐가 맞는 건지.

처음 SNS에 그림을 올렸을 때 사람들의 '좋아요' 하나가 나를 들뜨게 했다. 어떤 그림 하나를 올렸는데 평소보다 반응이 좋으면 '사람들이 이런 걸 좋아하나? 이 그림이 다른 그림보다 특별한가? 색깔 때문인가?' 등 혼자 속으로 호들갑을 떨었다. 사람들의 반응에 용기를 얻어 더 그려 올리고 싶어졌다. SNS가 그림을 놓지 않고 하루하루 꾸준히 그리게 하는 원동력이 되어 주었다.

혼자 그리는 것보다 누군가의 피드백을 받으면 당연히 도움이 된다. 또 막막할 때 다른 사람들의 그림을 보며 많이 배우기도 했다. 늘 부지런히 자신만의 작품 활동을 이어나가는 작가들이나 눈에 띄게 발전하는 초보자들의 그림을 보며 자극도 받았다. 좋아하는 작가들의 일상을 살아가는 모습을 보며 나도 그런 삶을 동경하고 꿈꾸기도 했다. SNS와의 시작은 이렇듯 긍정적인 면이 많았고 소박했다.

그러나 오래도록 팔로워가 늘지 않을 때는 '내 그림이

사람들에게 그다지 매력적이지 않은가 보다' 하는 생각에 의기소침했다. 팔로워 수가 많은 다른 작가들의 그림과 내 그림을 비교하게 됐다. 내 문제가 뭘까 찾아보려고도 애썼다. 많은 사람들이 좋아하는 그림은 어떤 걸까, 그 정답을 알게 되면 나는 그런 그림을 그려야 할까. 그런 꼬리를 무는 생각들 속에서 허우적거릴수록 점점 깊이 빠지는 늪 같았다.

스스로 그림의 완성도를 높이고 매일매일 열심히 그리며 피드 관리를 하자 팔로워 수가 조금 늘어났다. 늘어날수록 점점 욕심도 생겨났다. 팔로워 수가 더 많은 다른 작가를 보면 그게 참 대단해 보였다. 명확한 숫자로 보이는 세계여서 더욱 하나하나에 집착하게 되었다. 은연중에 팔로워 수, 좋아요 수, 댓글 수 그런 것들이 인기를 반영하는 듯 보이고 인기가 곧 작품의 가치, 대중성과 관련 있다고 여겼다.

또 가끔은 그림을 그리고 싶어서 그리는지, 얼른 SNS에 새로운 게시물을 올리고 싶어 그리는지 헷갈리기도 했다. SNS에 올릴 사진을 찍기 위해 일부러 예쁜 장소를 찾아가는 사람들처럼 말이다. 그린 그림을 모아 기록하고 다른 작품들을 감상하려고 SNS를 시작했는데 시간이 갈수록

SNS에 조종당하는 느낌이 들었다. 아니 중독되고 있었다. 어느새 생활의 너무 많은 부분을 SNS가 차지해 버렸다.

세상 모든 것에 '적당히'가 중요하다. 즐겁게, 똑똑하게 내게 필요한 부분만 골라 이용해야지 너무 깊이 빠져 끌려다니면 오히려 해가 된다. 나의 경우도 가볍게 시작한 SNS가 그림을 그리는 행위의 본질까지 흐려 버릴 지경이 되자 고민을 했다. 내가 추구하려는 그림이 아직 명확히 없는 상태에서 사람들에게 보이는 부분을 염두에 두니 중심이 흔들렸다.

팔로워가 늘어나는 것, 사람들에게 좋게 보이려고 고려하는 것이 나쁜 건 아니다. 그러나 나와 타인들 사이 우선순위가 어떠하냐에 따라 그림의 방향이 달라지고, 몇 년 후에는 그 결과가 많이 다를 수 있겠다는 생각이 든다.

SNS를 모두 그만두고 그림만을 위한 그림을 그려야 하지 않을까, 그리는 행위 자체를 즐기는 것에 집중하고 그 이후 결과와 관련된 부수적인 일들에 너무 시선을 뺏기지는 말아야겠다고 생각했다. 내 그림을 알리는 것도 중요하지만 그 전에 먼저, 알릴 내용이 탄탄히 준비되어 있어야 의미가 있는 것일 테다.

그러나 온라인을 통해 결과물을 여러 사람들에게 드러

내고 반응을 얻는 그 달콤함은 마약과도 같았다. 나의 고민과 결단은 생각에 그쳤고 여러 개의 SNS 중 몇 가지를 줄이는 정도로 스스로와 합의를 보았다.

팔로워 수에 연연하지 않고 즐겁게 SNS를 이용하는 사람들이 훨씬 많을 것이다. 나도 시작은 그랬지만 어느새 더 많은 사람들에게 내 그림을 보여 주고 싶어졌고 인정 받고 싶었다. 사람들에겐 그냥 취미로 그림을 즐기는 정도인 양 말하기도 했지만 실은 사람들이 먼저 내 그림을 찾고 좋아해 주기를 꿈꾼다. 내가 모 그림 작가님을 열렬히 좋아하는 것처럼 누군가도 내 그림을 그리 좋아해 준다면 어떨까 상상해본다.

요즘 그림 작가들에게 SNS는 필수가 되었다. 다른 작가들의 작품도 쉽게 접할 수 있고, 내가 어떤 작업을 하는지 소통도 하면서 홍보도 되기 때문이다. 요즘은 대부분 SNS를 통해 그림 관련 일이 들어온다고 한다. 작업을 의뢰하려는 클라이언트들도 SNS를 통해 적임자를 찾는 경우가 많다고 한다.

또는 의뢰가 없어도 스스로 자신의 그림을 이용한 상품을 만들고 SNS를 통해 홍보하고 판매하는 작가들도 많다. 평소 자신의 그림을 좋아해 주는 팔로워들이 고객이 된다.

잘만 이용하면 SNS는 쉽게 작품을 홍보하고 자신의 작품 영역을 넓힐 수 있는 좋은 매체다.

꼭 그림 그리는 직업을 가진 사람뿐만 아니라 직장에 다니면서 취미로 그림을 그리다 SNS에서 주목 받은 이들도 있다. 그리하여 그림으로 제2의 직업을 찾은 경우도 보았다. 많은 사람들이 자신이 가진 장점을 내세우고 스스로를 브랜딩하기 위해 애쓰는 시대다. 연예인이 아닌 일반인도 자신의 어떤 고유함이 사람들의 마음을 움직인다면 대중에게 영향력을 행사하는 인플루언서로 살아갈 수 있다. 기회의 장이 넓어진 것은 좋은 방향이라고 생각한다.

때로는 SNS의 세계에 너무 몰입되어 족쇄처럼 느껴질 때도 있다. 모든 걸 훌훌 털고 자유로워지고 싶은데도 놓지 못하는 것은, 족쇄임을 알면서도 달콤함 또한 포기 못하기 때문이다. SNS로 괴로울 때도 있지만 또 늘 괴롭기만 한 것도 아니다.

SNS는 소소한 즐거움을 자주 안겨 준다. 오늘 그린 그림을 올리고 사람들의 '좋아요'와 댓글을 살피는 과정이 즐겁다. 그런 하루하루가 이어져 이날까지 꾸준히 그리고 있는지도 모른다. SNS를 통해 그림 작업 의뢰를 받았을 때는 큰 용기를 얻기도 했다. 앞으로 다른 무언가도 해 볼 수 있지 않을까 하는 가능성이 열린 것이었고 더욱 열심히 그리고 싶게 만들었다.

지나치게 몰입하여 생긴 단점 때문에 장점까지 포기할 수는 없다. 단점은 최소화하고 장점을 극대화 시킬 수 있는 방향으로 나아가는 것이 현명하다. 지혜롭게, 내 안의 중심을 잘 잡고 균형을 유지하면서 앞으로도 SNS와 좋은 관계를 유지해야겠다.

책 속 내 그림

그때그때 그리고 싶은 것을 떠오르는 대로 그리다 보니 그림들을 모아 놓고 보면 두서없이 중구난방이었다. 내가 변덕이 심한 건지, 욕심이 많은 건지 이것저것 손을 뻗어대다 보니 그림들에 일관성이 부족했다. 하나의 주제를 갖고 연작 형태로 꾸준히 그려보고 싶다는 생각이 들었다.

당시 글쓰기 플랫폼 '브런치'에는 '위클리 매거진'이라는 이름으로 작가의 글을 일주일에 한 번 연재하는 제도가 있었다(현재는 없어졌고 '브런치북'으로 대체되었다). 10화 이상의 연속성 있는 글을 운영팀에 보내 심사를 받아 선정되면 연재 자격이 주어지는 식이었다.

일주일에 한 번 포털 메인 화면에 글이 노출되어 많은 사람들에게 자신의 작품을 선보일 통로가 되어 주었다. 다른 작가들의 글만 보다가 나도 한 번 도전해보고 싶은 마음이 생겼다. 긴 호흡으로 글을 쓰고 비슷한 느낌의 그림을 스토리에 맞게 여러 장 그려 보면 어떨까 하고 의욕이 생겼다.

원래부터 어떤 일에 한 번 의욕이 생기면 열심히 하는 버릇이 있다. 내가 의욕을 가졌던 것들은 대부분 그다지 이득이 없는, 영양가 없는 일들이라 때로는 미련하게 보이기도 했다. 하지만 남들이 어떻게 보든 내게는 재미있는 일이다.

고등학교 때, 좋아하는 감성 잡지를 매달 사 모으며 열심히 읽었다. 내가 공부하고 있나 보려고 조용히 방문을 열었던 엄마는 또 그거나 보고 있냐며 역정을 내셨다. 대학 때는 한 교수님이 첫 강의에서 가볍게 내준 과제가 재밌을 것 같아서 A4용지 네다섯 장에 걸쳐 글을 썼다. 학점에 별 영향도 없을 과제임을 알면서도 내가 흥미를 느껴 정성을 쏟았다. 내가 즐거우니 과제하는 시간이 하나도 힘들지 않았다. 대신 남들이 열과 성을 다할 때는 날림으로 대충 과제를 한 적도 많다. 내 흥미가 주가 되는 나만의 기준이 있는 것 같다(여담이지만 그 강의에서 내 대학 생활 중 몇 없는 A+ 학점을 받았다).

위클리 매거진에 어떤 주제로 글을 쓰고 그림을 그릴지 구상에 들어갔다. 심사에 통과해 연재 기회가 주어진다는 보장은 없었지만 이미 내 의욕이 불타올랐으므로 그런 건 상관 없었다. 내가 재미를 느끼고 있었다. 이건 좋은 징조임이 분명했다.

10화 이상의 분량이 될 만한 긴 글은 써 본 적이 없어 계획을 잘 세워야 했다. 내가 떠올린 주제는 몇 년 전 네팔 여행에서 3박4일 간 떠난 트레킹 여정 이야기였다. 짧은 시간이지만 그 속에서 경험했던 여러 에피소드들을 그림을 곁들여 풀어 내면 얼추 분량도 나오고 재밌을 것 같았다. 먼저 노트에 시간 순서대로 주요 내용을 정리하고 그에 걸맞은 그림을 각 화마다 두 장 정도씩 구상했다. 그때 찍었던 사진들을 다시 꺼내 그릴 만한 장면들을 뽑았다.

그러고는 본격적으로 글과 그림을 쓰고 그려 나갔다. 옛 기억이 새록새록 떠오르는 것이 좋았고 기억 속 장면을 그림으로 그리며 완성해 가는 기쁨도 있었다. 책상에 앉아, 또는 소파에 비스듬히 누워 종일 글과 그림만 엮어 내던 그때의 시간들이 떠오른다. 무언가에 몰입하는 시간은 언제나 즐겁다. 몰입할 만한 무언가가 내게 있고, 더욱이 그것이 생산적인 일이라는 것은 복 받은 일이 아닐까 생각한다.

심사가 끝나고 합격 통보 메일을 받았다. 10주 동안 매주 월요일 내 글과 그림이 많은 이들에게 가 닿았다. 내 글, 그림을 본 사람들이 얼마나 흥미로워 했을지는 알 수 없지만 나에게는 의미 있는 시간이었다. 누군가 내게 과제를 제시한 것이 아니라 첫 기획부터 실행까지 나 스스로 프로젝트를 만들어 완성해 낸 경험이라 특별했다.

많은 그림 작가들, 프리랜서 일러스트레이터들이 쉬지 않고 끊임없이 스스로 프로젝트를 만들어 일한다. 그림으로 상품을 만들거나 독립 출판을 하기도 한다. 클라이언트의 의뢰를 마냥 기다리기보다 스스로 자신을 필요로 하는 곳을 찾아 개척해 나간다. 성공할지 실패할지 알 수 없지만 자신을 믿고 불안과 싸워 이겨야 가능한 일이다. 그렇게 열심히 활동하다 보면 어느새 대중들이 먼저 찾는 작가가 되어 있는 것이다. 그런 여정을 겪어온 작가들이 부럽고 존경스럽다.

매거진 연재가 이어지던 어느 날 브런치를 통해 제안 메일이 도착했다. 한 출판사의 편집자였는데, 내 SNS에 게시된 그림 몇 장을 출간될 책에 삽화로 쓰고 싶다는 내용이었다. 그분은 내 SNS의 그림들을 모두 보았다며 곧 나올 책의 내용과 내 그림이 잘 어울릴 것 같다고 말했다.

그림을 그리며 이전에 겪어보지 못한 새로운 경험을 많이 한다. 메일을 통해 그런 제안을 받는 것도 신기했고, 내 SNS의 그림을 내가 모르는 누군가 보고 있다는 것도 실감났다. 위클리 매거진에 도전한 것이 예상치 못한 다른 길을 열어 준 것 같아 뿌듯하기도 했다.

책에 내 그림이 실린다는 것은 이전까지 꿈꿔본 적도 없는 일이었다. 딱 한 번 잡지에 그림을 그린 게 전부였다. 그저 일상의 한 부분으로 그림을 그려 왔는데, 소소하게 그렸던 그림들이 다른 어딘가에 필요하고 쓰일 수 있다는 사실이 기쁘고 제안이 너무나 감사했다. 한편 출판까지 일이 잘 마무리될지 조금 걱정도 되었다. 경험 없는 내가 이런 제안을 덥석 받아도 될지 걱정했던 것이다.

어떤 그림들이 맘에 들었는지 궁금했다. 편집자님은 글과 어울릴만한 내 그림을 몇 개 골라 원고에 간단히 배치해 파일로 보내 주셨다. 아직 출간되지 않은 책의 원고를 읽는 경험도 처음이었다. 모든 것이 낯설지만 설레는 순간이었다. 오후 햇살이 들어오던 단골 카페에서 두근거리는 마음으로 원고를 읽던 날을 잊지 못한다.

원고에 어울리는 삽화를 처음부터 새로 그려야 하는 것이 아니라 이미 그려 놓은 그림들을 사용하고 몇 개만 추가하는 것이어서 부담이 덜했다. 나로서는 다행이고 감사한 일이었다. 편집자님의 말대로 원고의 내용에 내 그림이 어울리는 부분들이 있었다. 내면의 아픔과 극복 과정을 너무 무겁지 않게 풀어낸 작가님의 글에 공감 가는 부분이 많았다. 나도 그 무렵 내면의 성장통을 겪으면서 그 마음을 그렸는데 그것을 편집자님이 알아봐 준 것이다. 또 여행에서 찍은 풍경 사진을 보고 서정적인 수채화 분위기로 옮긴 잔잔한 그림들도 선정되었다.

메일로 의견을 주고받으며 수정사항을 하나하나 처리

해갔고 그림 목록을 구체화했다. 그리고 마침내 그림 파일들을 전송했다. 아이패드로 그린 디지털 그림들이 인쇄되어 나오는 경험은 처음이라 서툰 부분들이 많았다. 디지털 그림의 픽셀, dpi에 따라 인쇄 시 화질에 어떤 차이가 있는지 전혀 몰랐다.

사실 지금도 명확히 아는 것은 아니다. 자료를 찾아보아도 어려워서 요즘은 그냥 할 수 있는 한 큰 사이즈로 그려둔다. 주변에 그림 일을 하는 친구가 있으면 속 시원히 물어 보고 싶은 게 많은데 그런 친구가 없으니 아쉬울 때가 많다. 내가 아는 한도 내에서 최선을 다할 수밖에 없다.

책은 다행히 세상에 잘 나왔다. 디자이너님이 그림이 근사해 보일 수 있도록 잘 디자인해 준 것 같다. 내 그림이 삽화로 들어간 책이 세상에 나왔다는 소식을 알리고 싶어 출간 전부터 얼마나 입이 근질거렸는지 모른다. 편집자님의 SNS를 통해 진행 과정을 보며 두근거려했다. 책 한 권이 세상에 나오는 데, 글 작가, 삽화가, 디자이너, 편집자 등 수많은 사람들의 노고가 들어간다는 것을 이 경험을 통해 알았다. 그후 책 한 권을 보아도 글 내용뿐만 아니라 표지와 내지 디자인과 구성, 일러스트들도 한층 유심히 보게 되었다.

그로부터 몇 달 후, 평소 알고 지내던 언니가 두 번째 책을 쓰는데 내 그림과 함께하면 어떻겠냐는 제안을 해 왔다. 기쁜 마음으로 클라우드 속에 잠자고 있던 그림들을 깨워 공유했다. 글과 어떤 식으로 어울리게 될지, 어떤 모습의 책이 태어날지 기대되었다.

책 내용이 네팔과 관련되어 있어 앞에 말한 위클리 매거진에 넣었던 트레킹 풍경 그림도 몇 장 들어가게 되었다. 어디로 향할지 모른 채 그렸던 그림들이 각자 있어야 할 자리를 찾아 가는 것 같아 기분이 남달랐다. 디자이너에게 전달받은 몇 가지 간단한 수정을 거치고 책은 예쁘게 나왔다.

대학 때 친구와 인생에서 이루고 싶은 목표를 심심풀이 삼아 얘기한 적이 있었다. 그때 내가 툭 내뱉었던 두 가지가 '여행'과 '내 책 출간'이었다. 어떻게 그런 꿈을 갖게 되었는지는 기억나지 않는다. 하지만 여행을 떠나 우연히 그림을 그리게 되었고, 꾸준함이 쌓이자 내 그림이 들어간 책도 출간하게 되었다.

대학 때 기억을 까맣게 잊고 살다가 어느 날 문득 떠올라 돌아보니 이미 나는 오래 전부터 갈 방향을 정해두고 고집스럽게 살아온 건가 하는 생각이 들었다. 우연인 줄 알았던 삶의 순간들이 알고 보면 결코 우연이 아닌 경우가 많다. 방향을 결정하는 순간 속에 언제나 '내가' 있었으니까.

오늘도 나는 그린다. 오늘 그리는 그림이 어딘가로 흘러가 다른 이에게 닿을지, 아니면 내 보관함 속에 영영 있을지 알 수 없지만 그린다. 내가 좋아 몰입하면 쓸모 없는 시간은 없을 테니까. 하물며 심심풀이로 하는 대화 속에도 내가 있고 작은 발걸음 하나도 내가 원하는 방향을 향해 있으니 오늘도 그저 나로 살아가면 될 일이다.

그림체를 찾아서

중학생이 되자 필통이 색색깔의 펜들로 채워졌다. 초등학교 때는 거의 연필 사용을 권장했다. 펜으로 글씨 쓰는 것은 금기시 되다시피 했는데 그 이유는 모르겠다. 그러나 중학생이 된 후 연필은 필통에서 보기 어려워졌다. 대신 샤프와 취향에 맞는 진하기의 샤프심, 알록달록한 펜들이 필통을 채웠다.

똑딱 소리가 나는 볼펜, 부드럽게 잉크가 나오는 펜, 향기가 나는 펜도 있었다. 친구 필통에 못 보던 펜이 있으면 꼭 선 몇 개를 죽죽 그어 보며 함께 품평을 했다. 문구점에는 언제나 수십, 수백 가지 펜들이 진열대에 가득 차 있었다. 필요하지 않아도 괜히 구경하며 옆에 있는 종이에 테스트를 해보곤 했다.

그땐 왜 그리 필기할 게 많았는지. 어떤 과목은 한 시간 내내 선생님의 글씨를 따라 바삐 필기만 하기도 했다. 머리가 희끗한 과학 선생님은 매 수업마다 말보다 글로 교과 내용을 가르치셨고 칠판 가득 반듯하게 글을 적으셨다. 교실에는 분필이 칠판에 닿는 소리가 울려 퍼지고 마흔 명 남짓한 아이들의 노트에는 똑같은 글이 적혔다. 일곱, 여덟 반을 돌아가며 매번 똑같이 하신 것이니 행위 예술이 따로 없다.

나는 그 시절 다양한 펜으로 여러 글씨체를 바꿔 가며 필기를 했다. 각지고 길쭉하게 썼다가, 펜을 굴려 흘리며 필기체로 썼다가, 어떤 날은 궁서체, 어떤 날은 이응을 과하게 크게 그리며 귀여운 느낌으로 썼다. 어떤 모양을 머릿속에 정해 두고 의식하며 쓰면 생각대로 비슷하게 쓸 수 있었다.

한 가지 글씨체를 조금 오래 쓰다 보면 익숙해져서 의식을 좀 덜 해도 원하는 모양으로 써졌다. 아직 명확히 잡히지 않은 글씨체를 이왕이면 내 입맛대로 예쁘게 만들고 싶었나 보다. 하지만 아무 의식 없이 편하게 썼을 때 나오는 글씨체가 진짜 내 글씨체였을 것이다. 일부러 꾸미지 않고 자다가 일어나 갑자기 써도 나오는 글씨체 말이다. 좀 예쁘지 않고 평범하고 멋이 없어도 내 글씨체로 쓸 때가 가장 편하다.

그림에도 '그림체'라는 게 있다. 사람마다 글씨체가 다르듯 그림에도 저마다의 고유한 그림체가 있다. 하지만 그림 한 장을 그려서는 내 그림체가 어떤 모양인지 알기 어렵다. 나만의 그림체는 어떤 스타일이고 어떤 분위기를 풍기는지 알게 되기까지 시간이 걸린다.

나도 나만의 그림체를 늘 찾고 싶었다. 일관성 없는 그림 스타일 때문에 고민이 많았다. 다른 작가들은 자신만의 스타일이 확실하고 비슷한 결로 그리는데 나는 그렇지 못하고 자꾸만 변덕을 부렸다. 좋아하는 게 너무 다양해 종잡을 수가 없었다. 어떨 때는 알록달록 튀는 분위기였다가 어느 때는 착 가라앉은 차분한 분위기다.

낙서처럼 가벼웠다가 사실적인 묘사로 묵직했다가 갈팡질팡 나도 나를 알 수 없었다. 뭘 그리고 싶은지 내가 추구하는 그림 스타일은 대체 뭔지 고민을 해도 답은 없다. 좋아하는 게 많아 그런 건지 혹은 나 자신의 취향을 스스로도 잘 모르는 것인지.

작가로서 성장하려면 다른 작가들과 구별되는 나만의 개성이 필요하다. 작품들을 봤을 때 일관된 특징이 있어야 그것이 사람들의 뇌리에 박히고 기억에 남아 'OO한 그림을 그리는 작가'로 각인되는 것이다. 그런데 작품의 분위기나 표현법이 제각각이고 너무 다양하면 작가가 어떤 그림을 그리는지 쉽게 파악할 수 없다. 자연스럽게 기억에 남지 못한다.

처음에는 당연히 이런 고민을 하지 않았다. 그저 취미로, 내 즐거움을 우선했기 때문이다. 오늘은 이런 그림, 내일은 저런 그림을 그려도 그리는 자체가 의미였다. 하지만 취미에 그치지 않고 '작가'라는 호칭에 떳떳해지고 싶은 마음이 생기자 고민이 시작되었다. 사람들에게 각인되는 나만의 스타일을 찾고 싶었다. 그러려면 이것저것 변덕 부리지 말고 의식적으로라도 한 가지 스타일을 정해 꾸준히 그려야 한다고 생각했다. 의식적으로 글씨체를 정해 썼던 것처럼 그림 스타일을 정해서 그려 보았다.

하지만 인위적으로 하는 것은 한계가 있었다. 예쁜 옷이 여러 벌 있어도 내 몸에 편한 옷을 자주 찾게 되는 것처럼, 나와 잘 맞지 않는 그림 스타일은 결과가 아무리 근사해도 오래 지속할 수 없었다. 진짜 내게 딱 맞고 편한 내 그림체는 도대체 어디에 있는 것일까.

자신만의 그림체를 찾기 위해서는 많이 그려보는 수밖에 없다고 한다. '많이'가 어느 정도인지는 잘 모르겠다. ㄱ, ㄴ을 배울 때부터 글씨를 쓰면서 글씨체가 잡힌 것처럼, 그림도 그만큼 그려야 안정되려나. 답이 나오지 않는 답답함을 부여잡고 오늘도 한 장의 그림을 그려내는 것이 내가 할 수 있는 최선이다. 쉬지 않고 그리다 보면 점점 찾아가게 되겠지. '언젠가는'이라는 막연한 희망을 붙잡는다.

내가 원하는 이상적인 그림을 염두에 두고 그려 본 적도 있다. 현재 그리는 그림과 원하는 스타일의 간극이 너무 커서 새로운 시도를 해 보았다. 너무 멋지고 닮고 싶은 그림들을 저장해 두고 유심히 보며 모작을 했다. 다른 작가가 색을 쓰는 법, 사람을 표현하는 법, 자유로운 선의 느낌들을 흉내 냈다. 완성작을 눈앞에 두고 따라 그리는 것은 그리 어렵지 않았다. 원작과 완전히 같지는 않지만 비슷한 결과물이 나왔다.

이제 연습한 대로 그 작가들의 표현법을 내가 그리고 싶은 대상에 적용해 볼 차례다. 버스 정류장에서 보았던 사람들 무리를 그려 보았다. 내가 좋아하는 그림들처럼 세련되고 감각적이며 자유롭게 그려야지 마음먹었다. 그러나 손 따로 마음 따로였다. 전혀 세련되지 않고 감각적이지도 않은 촌스러운 그림이 나왔다.

내가 생각했던 이상과 많이 동떨어진 결과물에 모작을 통한 연습 방법은 그만 두기로 했다. 연습이 부족하기도 했지만 생각해 보면 당연한 결과다. 나는 그 작가와 다른 사람인데 같은 그림이 나올 리가 없었다. 나라는 사람은 촌스러운 사람인데 어떻게 세련된 그림을 그릴 수 있겠는가. 나는 자유분방한 사람이 아니므로 자유로운 그림을 그릴 수가 없는 것이다.

한 가지 위안이 되는 것은 정답이 없다는 점이다. 셀 수 없이 다양한 그림체가 존재하는데, 그 어떤 그림체든 각각 존재할 뿐 우위를 매길 수 없다는 것이다. 또한 그리는 사람들만큼이나 다양한 감상자들이 존재한다. 단순하고 직관적인 그림을 좋아하는 사람도 있고 화폭 가득 빼곡하게 들어차 있는 그림을 선호하는 이들도 있다. 화려한 표현을 좋아하는 사람이 있는가 하면, 은은하고 소박한 표현을 마음에 들어 하는 이도 있다. 복잡한 모습을 실제와 똑같이 그린 그림, 생략하고 단순화한 그림, 그림체는 달라도 모두 대단하다.

샘이 날 정도로 멋진 작품들을 매일 만난다. 내 눈에 멋져 보이는 것은 나는 하지 못하는 것들이라 동경하는 마음이 들어 그럴 것이다. 누군가의 작품을 부러워하고 질투하고 따라한다고 그것이 내 것이 되지는 않는다. 다른 누군가를 닮으려 하지 말고, 내가 가진 것을 더 깊게 파고들어야 한다. 오로지 나로서, 나를 투영한 그림을 그릴 때 아무 인위적 의식도 필요 없는 그저 '나'인 그림을 그려 나갈 수 있을 것이다.

그림 탐정

하루 중 그림을 그리는 시간보다 다른 이들의 그림을 감상하는 시간이 더 긴 것 같다. 기쁨과 감동과 질투와 조바심이 뒤범벅된 시간 속에서 나는 가끔 탐정이 된다. 우연히 새로운 이의 그림을 보았는데 내가 기존에 알고 있던 다른 작가의 그림과 비슷해 보일 때가 있다. 거의 흡사한 그림체와 소재들이 모작처럼 보이는 경우도 있다.

그때부터 나는 탐정처럼 하나하나 뜯어보며 조사를 시작한다. 똑같이 그리는 건 그나마 순진한 거다. 아주 교묘하게 그림의 조그만 포인트들만 골라서 쉽게 눈치 채지 못하게 따라 그리는 사람도 있다. 나는 따라 그린 부분들을 찾아내려 눈에 불을 켠다.

평소 굉장히 좋아하는 A작가님은 이런 그림 도용 사건을 여러 번 겪었다. SNS를 통해 간접적으로 소식을 들은 것만도 여러 번이니, 본인은 얼마나 힘이 빠질까. 자신의 그림과 거의 유사한 그림을 그려 대외 활동 중인 타인을 마주해야 하는 일은 참 껄끄럽고 불쾌할 것이다.

자신의 그림이 남의 SNS 계정에 떡하니 올라와 있는 것을 봤을 때는 또 어땠을까. 속상하고 당혹스러운 것은 물론이거니와 괜한 감정소모에 에너지를 써 작업에도 부정적 영향을 받는다. 자신이 오랜 시간 공들여 닦아 온 그림체인데 도둑맞는 건 순식간이다.

어느 날 누군가의 그림을 우연히 보았는데 내가 팔로우하고 있던 해외의 B 일러스트레이터의 그림이 바로 떠올랐다. 특유의 귀여운 분위기와 색감이 너무 똑같아서 게시물에 댓글을 달았다.

"B일러스트레이터님의 팬이신가요?"

몇 분 후 계정과 게시물들은 그대로인데 내 댓글만 삭제되었다. 그리고 또 얼마 후에는 계정 자체가 없어졌다. 그런 반응에 놀라기도 했고 당사자가 아닌데도 황당한 마음이었다. 계정을 삭제한 걸 보면 '스스로도 양심의 가책이 있었다는 뜻이겠지' 하고 추측할 뿐이다.

또 어느 날 여러 그림들을 탐색 중에 조금 애매한 그림들을 보게 되었다. 즉시 원래 내가 알고 있던 C 작가님의 계정에 들어가 작가님의 그림들과 처음 보는 D 계정의 그림들을 대조하기 시작했다. 보면 볼수록 의심은 확신이 되었다. 작가님의 몇 년 전 게시물까지 교묘하게 따라 그린 요소들을 곳곳에서 발견했다.

그림 실력이 부족해서 따라 그리며 연습하고 혼자 보는 것은 문제가 되지 않는다. 따라 그렸어도 모작임을 밝히는 경우에는 괜찮다. 거짓말을 한 것은 아니니까. 그런데 D는 자신의 그림을 봐 주는 타인들을 속이고 자신까지도 속이고 있었다. 또 그렇게 교묘하게 그려낼 수 있다는 것은 그림 실력이 아예 없는 사람이 아니라는 뜻이다. 자신이 갖고 있는 것들을 발견하고 발전시켜 나가야 할 시간에 다른 사람의 그림을 복사하는 어리석은 행동을 하고 있는 것이었다.

용기를 내어 C작가님께 메시지를 보냈다. D계정의 존재를 알고 계신지 물으며 간략히 보냈고, 몇 분 후 많이 놀랐다는 답장이 왔다. 직접 그리지 않은 내가 보아도 따라 그린 부분들을 많이 찾을 수 있었고 가슴이 두근거렸는데 작가님 본인은 얼마나 놀랐겠는가. 한 눈에 알아볼 수 있었을 것이다. 내게 알려 주어서 고맙다고 했고 조금 뒤 작가님의 계정에는 놀라고 화난, 또 조금은 서글픈 마음을 쓴 짧은 글이 올라왔다. 그리고 D계정은 사라졌다.

여기서 마무리되었으면 그나마 다행이었을 것이다. 그로부터 1년 후 우연히 한 계정을 보게 되었다. 그림들이 묘하게 익숙해서 지켜보다가 D의 새로운 계정이라는 것을 알아 차렸다. 많이 덜어 내긴 했지만 여전히 C작가님의 그림체가 곳곳에 보였다. 가장 놀란 건 그 새로운 계정이 만들어진 시점이었다.

바로 1년 전 C작가님과 메시지를 주고받던 바로 다음 날 첫 게시물이 올라온 것이었다! 수천 명의 팔로워를 거느리고 있는 D의 모습에 조금 허탈했다. 잘못을 인지하고 반성했다고 볼 수 없는 상황이었기에 마음이 쓰렸다. 어디까지가 도용이고 어디서부터가 창작인지 자로 잴 수도 없고……. 찜찜하다고 해서 내가 뭘 할 수 있는지, C작가님은 뭘 할 수 있는지도 잘 모르겠다.

요즘에도 가끔씩 그 계정을 찾아보곤 한다. D는 나의 존재를 전혀 모르겠지만, 뭐랄까, 괜히 문득 궁금해질 때가 있다. 여전히 잘 사는지, 계속 그림을 그리는지, 그림 작가로서 승승장구하려는지 지켜보고 싶은 마음이 든다. D가 그림을 안 그리게 되거나 망하길 바라는 건가? 잘 모르겠다. 괘씸하면서도 서글프다.

도용을 입증할 수 있는 객관적인 증거들을 모아서 형사고소하는 방법도 있다는데 실제로 법적 대응까지 하는 경우가 얼마나 되는지 모르겠다. 포털 검색창에 '그림 도용'을 검색해 보면 수많은 사례들이 나온다. 사람들은 자신이 겪은 피해를 설명하고 처벌이 가능한지 의견을 구한다. 그러면 아래에 변호사와의 상담을 제안하는 간략한 답변이 나온다. SNS에 작품을 업로드하는 대부분의 작가들이 도용 위험에 노출되어 있다고 볼 수 있다. 부디 변호사를 만날 일이 없기를 바랄 수밖에.

작은 해프닝이었지만 오래 전 내게도 비슷한 일이 있었다. SNS를 보던 중 멈칫 했다. 취미로 그린 그림을 중간중간 올려놓은 어느 계정에서 내 그림과 똑같은 그림을 발견한 것이다. 그림의 구도와 소재 모두 똑같아서 그냥 베껴 그린 수준이었다. 잠깐 살펴보니 그 그림 말고도 내가 알고 있는 여러 작가들의 다양한 그림이 군데군데 있었다. 연습하면서 모작을 한 것 같은데 문제는 처음부터 끝까지 자신이 창작한 듯 업로드해 놓았다는 점이다. 이럴 때 대처하는 방법이 중요하다. 흥분해서 메시지부터 보내면 안 된다. 먼저 여러 문제 있는 그림들을 캡쳐했다. 그런 다음 게시물에 댓글을 달았다.

"제 그림을 베껴 그리셨네요."

그랬더니 상대방의 반응은 그냥 그 게시물만 바로 삭제한 후 감감무소식이었다. 바로 다른 작가님들에게 캡쳐한 사진과 함께 메시지로 상황을 알린 후 상대방에게 메시지를 보냈다.

"삭제하면 끝인가요? 저 말고도 다른 작가님들께 모두 알려 드렸습니다. 사과하시기 바랍니다."

사과하려 했는데 내 아이디를 잊어버려 못하고 있었다며 그때서야 사과를 해 왔다. 다른 작가님들에게도 사과를 한 것 같았다. 본인도 예상치 못한 상황에 당황해서 게시물을 삭제하고 대처 방법을 고민하고 있지 않았을까 싶다. 저작권에 대한 인식 부족으로 생긴 해프닝이었을 것이다. 사실을 전해 받은 다른 작가님들도 불쾌했던 마음을 함께 공감하며, 고마움을 전해 왔다.

현실에서는 좀처럼 나서는 성격이 아닌데 온라인 세상에서는 정의의 사도라도 되는 듯 몇 번 오지랖을 부렸다. 한 번 두 번 하다 보니 용기가 생겨서 그림 도용 문제는 좀처럼 그냥 두고 보지 않는다. 모두 깔끔히 해결될지는 미지수지만 보고도 그냥 지나치는 건 평소 응원해왔던 작가들에 대한 예의가 아닌 것 같아 나도 모르게 이렇게 행동하게 된다.

누군가 내가 모르는 사이 내 그림을 베껴 그리고 있다면, 내 그림을 봐 온 사람들이 그걸 보고도 알아채지 못 하거나, 알아도 아무 말도 하지 않는다면 조금 서운하지 않을까? 도용 사실을 알게 되어 스트레스를 받더라도 모르고 있는 것보다 아는 게 나을 것 같다. 내 입장에서 생각해 보아도 이런 결론이 나왔으니 앞으로도 진실을 찾고 알리는 탐정 역할을 멈추지 않을 것이다.

반면 이 시대에 그림을 그리는 누구나 반대의 경우도 항상 경계해야 한다. 나도 모르는 사이 어디서 본 듯한 그림을 그리고 있는 건 아닌지 말이다. 하루에도 수십, 수백 장의 그림들을 볼 수 있는 환경에서 그 문제에 자유로운 창작자가 있을까. 나도 내가 그린 그림이 다른 누군가의 그림과 비슷한 건 아닐까 자기 검열을 하게 된다.

세상에 새로운 것은 별로 없고, 창작은 모방을 통해 이루어진다는 말이 사실일지 모르지만, 모방을 하더라도 다른 이의 그림을 무작정 비슷하게 베끼는 것이 아니라, 배우고 흡수해 내 것과 버무리는 과정이 꼭 있어야 할 것이다.

다른 이를 따라해 봤자 원작가의 수준을 절대 넘어설 수 없다. 오히려 비교되어 어설프게 보인다. 지혜로운 사람은 자신의 이름을 걸고 다른 사람의 그림을 그리는 일은 절대 하지 않는다. 그것은 예술을 사랑하는 게 아니라 사람들의 관심과 사랑을 받고 싶은 욕망의 발현일 뿐이다. 어떤 작가의 그림을 좋아하는 팬의 마음, 닮고 싶은 마음의 선을 잘 지켜야 한다. 선을 넘는 순간 팬이 아닌 도둑이 된다.

나를 표현하고 싶은 마음

"부드러운 게 좋아요? 바싹 구운 게 좋아요?"

누군가와 삼겹살을 먹을 때의 일이다. 고기를 올린 불판 앞에서 그가 물었고 나는 대답했다.

"음…… 그냥, 아무래도 상관 없어요. 둘 다 좋아요."

"그래도 조금이라도 더 좋은 쪽이 있지 않아요? 생각해 봐요. 덜 구운 거? 바싹 구운 거?"

그는 집요했다. 늘 무언가를 선택해야 하는 순간에 대충 '아무거나'라며 얼버무리거나 상대방에게 선택을 떠넘기는 데 익숙한 내게 그 잠깐 동안 깊은 고민을 하게 했다. 그냥 알아서 해 주면 좋겠는데, 왜 내 의견을 물을까. 함께 있는 상대는 배제하고 오로지 내 깊숙한 마음을 들여다보았다. 그리고 말했다.

"바싹 구운 게 좀 더 좋은 것 같아요."

이 일이 인상 깊게 기억에 남는 건 그의 태도 때문이었다. 둘 다 좋다고 하면 보통은 적당히 그렇구나 하고 넘어가며 신경 쓰지 않는데 그는 끝까지 내 의견을 물어봐 주었다. 나의 내면에 숨기고 있는 마음을 끌어내는 상담사와도 같은 태도로.

삼겹살 취향 하나 말하는데 내면 깊숙이까지 들여다볼 일인가 싶지만 내게는 그래야 할 만큼 어려운 질문이었다.

평소 '아무거나' 또는 '중간' 같은 어정쩡한 태도로 사람들을 대하는 습관 때문이다. 어려서부터 그랬다. 내 마음을 표현하고 내 뜻대로 주장하는 일에 한없이 서툴렀다. 친구와 만나 무엇을 먹거나 놀러가는 등의 단순한 일들도 모두 상대에게 선택권을 넘겼다.

그게 배려인 줄 알았다. 그렇게 하는 것이 상대에게 잘 맞춰주고 배려하는 착한 사람이 되는 것이라 생각했다. 그런 관계들에 익숙해지자 언제부터인가 나는 욕구가 아예 없는 사람이 되었다. 내가 뭘 좋아하는지 나조차도 알 수 없었다. 관계도 좋게 여물지 못하고 삐걱댔다. 사실은 욕구가 없는 게 아니라 없는 척하고 있었다는 걸 뒤늦게야 깨달았다.

욕구에 그다지 민감하지 않은 태도로 지내다 보니 갑자기 맞닥뜨린 상황에서 즉각적으로 반응을 하는 게 어려웠다. 사소한 질문에도 바로 대답하지 못하고 고민하며 우물쭈물했다. 직접적으로 나를 표현하는 일이 어려워 혼자 있는 시간에는 글과 사진으로 못 다한 마음을 표현하곤 했다. 시간을 들여 정제된 최소한의 언어로 나를 표현하고, 빙빙 돌려 은유적으로 사진을 찍었다. 그것이 내게는 더 편안하게 나를 표현하는 방법이었다.

어릴 때부터 싸이월드, 블로그 등을 통해 사진과 글을 올리며 기록하는 일에 열심이었다. 나를 표현할 수 있는 또 다른 세상이었기에 소중히 여겼다. 쓰고 싶은 글이 있을 때 블로그에 글을 쓰고 그에 어울리는 사진을 이 폴더 저 폴더에서 찾아 올렸다.

또 올리고 싶은 사진이 있으면 그 사진에 어울리는 글을 곁들이기도 했다. 그런 과정들이 재밌고 즐거웠다. 이 모든 것을 다른 누군가의 관여 없이 오롯이 내가 결정하고 내가 꾸며 가는 세상이었다. 현실에서의 흐리멍덩한 내가 아닌, 오직 나에게 집중해 내 마음만 들여다보는 내가 있었다.

정도의 차이는 있겠지만 모두에게 그런 시간이 있으리라 생각한다. 타인과의 관계 속에서의 나와 오롯이 한 인간으로서의 나, 그 둘 사이의 균형이 잘 잡혀있는 사람이 안정적으로 보인다. MBTI 성격 검사에서 내향형(I)과 외향형(E)을 결정지을 때 51:49의 퍼센트로 결정되는 사람도 있지만 나는 90:10으로 내향형이라는 결과가 나온다.

외향형인 사람은 많은 사람들을 만나며 그 관계 속에서 에너지를 얻는 반면 내향형은 사람들과 함께 있을 때 에너지를 소비하고 혼자 있는 시간에 지친 내면을 충전한다. 사람을 만나도 소수의 사람들과 깊은 관계 맺기를 선호한다.

나 또한 바쁜 와중에도 혼자 내면을 차분히 정리하는 시간을 꼭 가진다. 그런 시간을 갖지 못한 채 여러 일들이 끊임없이 휘몰아치면 어느 순간 머릿속이 뒤죽박죽 엉킨 채로 방전되어 버린다. 다양한 사람들과의 관계에서 지치면 홀로 노트에 글을 끄적이거나 낙서를 하고 사진도 찍으러 돌아다녔다. 그런 행동을 통해 다시 사람들과의 관계 속으로 들어갈 힘을 얻었다. 내가 내향인이라는 검사 결과지를 받기 이미 오래 전부터 그래왔던 것 같다.

　그림 그리기는 나와 잘 맞는 일이다. 혼자 내면을 들여다보고 집중하고 그것을 끄집어내어 표현하고 기록하는 것은 내게 더할 나위 없이 재밌는 일이다. 밖으로 잘 내어놓지 못하던 내 마음을 혼자 풀어내는 통로가 되어 준다. 무언가 놓치고 있는 느낌, 하고 있던 일을 덜 한 듯한 느낌을 해소시켜 준다. 거기서 그치지 않고 내가 그린 그림을 사람들에게 내어 보이고 전시하며 그 그림을 통해 다시 관계 속으로 들어가기도 한다.

　봐 주는 이가 필요한 것도 사실이다. 내면의 것들을 꺼내고 스스로를 알아가는 것만으로도 충족감은 있지만 여러 방법으로 표현한 내 마음을 사람들이 봐 줄 때 더욱 의미 있게 느껴진다. 나의 진짜 마음이 한 사람에게라도 전달되었구나 싶어 안도감을 느낀다. 나 혼자 아는 비밀을 왠지 누군가에게라도 들키고 싶은 마음 비슷하달까.

무언가를 혼자만 알고 있을 때 외로움과 비슷한 감정을 느낄 때가 있다. 더욱이 말로 표현하기 어려운 복잡한 마음과 관련된 것이라면, 표현해 봤자 제대로 전달되지 못할 거라는 두려움에 입을 다물게 된다.

그래도 축축하게 가라앉은 마음을 글로든 그림으로든, 어떻게든 표현하려 혼자 애쓰다 보면 어느 정도 가벼워진다. 마음이 있는 그대로 잘 표현된 날에는 깃털처럼 말끔하게 뽀송뽀송해진다. 그에 더해 내가 표현한 것을 보고 다른 누가 공감까지 해 주면 외로움이 싹 가신다. 나를 완전히 이해 받은 것 같은 느낌으로 충만해진다.

내가 그림을 그리고 글을 쓰며 나를 표현하는 것에 부지런을 떠는 모든 행위는 '이 세상에 나라는 사람이 살고 있어! 나 좀 알아봐 줘!' 하고 외치는 메아리일지도 모른다. 어디를 향한 외침인지, 어디에 가닿는 메아리인지 모른 채. 나를, 내가 가진 것들을 혹여 세상이 몰라줄까 봐 내는 조바심 같은 것이다. 나조차도 잘 모르는 내 마음을 세상에 이해시키기 위해 언어로, 시각 매체로 꺼내 놓는다. 그 과정에서 나 자신을 더 잘 알게 되고 나와 비슷한 사람들이 나를 알아봐 준다.

내가 입을 꾹 다물고 손을 움직여 그리지도 않으면 아무도 모를 이야기들이 내 안에 있다. 나만이 세상에 태어나게 할 수 있는 이야기들을, 게으름 때문에 표현하지 않으면 그 이야기들이 서운해 할 것 같다. 나의 의무를 다 하고 있지 않은 것 같은 생각에 종종 빚을 진 느낌이다. 나는 무엇이라도 쓰고 그리는 창작활동 없이는 살기 어려운 인간이다.

창작을 통해 나를 잘 표현할 때 온전히 살아있음을 느낀다. 그리고 내가 그런 인간이라는 것이 다행이다. 잊혀 가는 기억들과 스쳐가는 생각들을 기록해 두고 싶은 욕심을 내는 인간이라 다행이다. 그런 욕심이 없다면 더 단순하게, 편안하게 살 수 있을지도 모른다. 하지만 재밌게 살 수 있을지는 모르겠다.

오늘도 더 쓰라고, 얼른 그려야 한다고 내면의 내가 나를 귀찮게 재촉하지만, 그래서 다행이다. 더 이상 그런 생각이 들지 않고 아무 욕심이 없어지면 나의 영혼이 더 이상 살아 있지 않은 거라 여겨도 무방할 것이다. 얼마나 나이를 먹든 언제까지나 나를 표현하는 일에 열심인 사람이고 싶다.

예술 vs 유명세

그림을 그릴 때 대부분 조용한 분위기에서 작업을 하지만 종종 음악이나 팟캐스트를 듣기도 한다. 그 때도 대부분 느린 노래들이나 조곤조곤 책을 읽어 주는 다정한 소리처럼 차분한 분위기의 것들을 고른다.

한 번은 좋아하는 팟캐스트인 '책, 이게 뭐라고'를 듣는데 악동뮤지션의 이찬혁이 나왔다. 음악을 만들고 여동생과 함께 노래를 하는 뮤지션으로만 알았는데 소설을 썼다고 했다. 소설 이야기와 예술에 대한 생각을 나누던 중 방송 말미에 이런 이야기를 했다.

"어떤 가수가 우연히 영화, 드라마 등에서 연기를 했는데 인기를 끌고 좋은 성과를 내면 음악은 그만 두고 연기로 방향을 전환한다. 그럼 그 사람은 음악이라는 예술을 추구한 게 아니라 성공, 유명세를 추구해온 것이 된다."

그 말을 듣고 뜨끔했다. 그림을 그리면서 고민되는 지점, 뭔지 모를 석연치 않던 마음이 어디에서 왔는지 깨달았다. 정곡을 찔린 느낌이었다. 바로 노트에 메모를 했다. 종종, 아니 자주 헷갈렸다. 나는 그림이라는 예술을 추구하고 있는지, 사람들의 인정과 유명세를 좇고 있는 것인지.

가끔씩 펼쳐 끄적이는 작은 노트가 있다. 겉장에 '영감 노트'라 이름 붙이고 그림에 대한 아이디어가 떠오르거나 고민이 있을 때, 머릿속이 복잡해서 정리하고 싶을 때마다 쏟아내듯 글을 쓴다. 지금도 앞에 펼쳐져 있는 이 노트에 가장 자주 등장하는 화두가 바로 '예술 그리고 유명세'다. 노트를 쭉 훑어보면 마음이 갈대처럼 왔다 갔다 해 온 것을 알 수 있다. 어떤 날의 결론은 이름을 더 알리기 위해 사람들의 반응이 좋았던 그림 스타일로 계속 그려보자 하는 다짐이고, 또 얼마 후에는 사람들의 눈은 다 필요 없으니 그냥 그리고 싶은 대로 이것저것 자유롭게 그리자는 결론을 맺는다.

자유롭게 그리면서도 내 이름을 알리는 건 어려운 일일까. 사람들에게 내 이름을 알리고 싶다는 마음만 먹으면 할 수 있는 걸까, 그림을 알리고 싶은 건가 이름을 알리고 싶은 건가. 혹시 이름이 알려지기만 하면 그림 아닌 다른 걸 해도 상관 없는 것인지……. 그림이 좋은 게 아니라 사람들의 관심이 좋은 건 아닐까?

시인은 자고로 예민해야

시인은 자고로 예민해야 한다는데
어딘가 우수에 잠겨 있어야 한다는데

나는 어째서 통통하게 살이 찌고

나는 어쩌자고 우스갯소리만 해 대는가

중략

시인은 자고로 예민해야 한다는데

나는 왜 시 쓰는 데 예민하지 않고

시인되는 데 더 예민한 건지

나는 자꾸 불안해서

가끔 예민해지고 우수에 잠긴다

- 《사랑은 야채 같은 것》 성미정, 민음사, 2003

    팔로우하던 한 그림 작가님의 게시물에서 우연히 본 시다. 시에 곁들인 작가님의 개성 넘치는 그림이 너무 멋지기도 했고, 시 구절이 인상적이어서 저장해 두고 여러 번 보았다. 마지막 부분에서 무릎을 탁 치게 하고 머리 위에 느낌표가 뿅 떠오르게 하는 시구(詩句)를 읽는다. 나는 왜 그림을 그리는 데 예민하지 않고 많은 시간을 '그림 작가'라는 타이틀을 얻는 것에 집착하듯 안절부절 못하고 있을까.
이 시를 읽다 보니 생각나는 구절이 있다.

　내가 영길이 너나 중길이를 왜 첨부터 어린애 취급했는지
알아? 아주 좋은 것들은 숨기거나 슬쩍 거리를 둬야 하는 거
야. 너희는 언제나 시에 코를 박고 있었다구. 별은 보지 않구
별이라구 글씨만 쓰구.

　　　　　　　　　　　－《개밥바라기별》황석영, 문학동네, 2008

　그림을 그리기 한참 전에 읽은 소설의 한 구절이다. 다
른 듯 비슷한 느낌이다. 나도 그림에 코를 박고 있는 걸까?
고개를 들어 하늘의 별은 보지 않고 스케치북에 열심히 별
그림만 그리고 있는 것은 아닐까? 그걸 예술이라 할 수 있
을지. 이렇다 할 성과를 내고 싶다는 조급한 마음에 알맹
이 없는 행위를 반복하고 있는 건 아닌지 반성해 본다.
　의미 없는 재주 부리기인지 아닌지, 스쳐 가는 사람은
몰라도 최소한 자신은 안다. 이 그림이 정말 그리고 싶어
서 그리는지, 사람들의 관심과 SNS 팔로워 수를 늘이기 위
해 그리는 건지 나는 알고 있다. 그러나 이제껏 갈고닦은
실력과 마음을 고작 그런 것에 쓰는 것은 너무 하찮지 않은

가. 속물적이지 않은가.

어느 새벽 꾸었던 꿈이 떠오른다. 보통은 깨고 나면 잊어버리는 경우가 많은데 그날은 생생히 기억이 났다. 평소 물을 무서워하는 내가 꿈속에서 수영을 하고 있었다. 맑은 강가였고 내가 헤엄치는 옆으로 물고기들도 헤엄치는 것이 보였다.

그런데 수심이 아주 얕아서 허우적거리는 팔다리가 매번 땅에 닿을 정도였다. 일어서도 무릎 정도까지밖에 안 되는 물에서 서툴게 자유형 흉내를 내며 아주 더딘 속도로 나아갔다. 수영을 배워 본 적도 없지만 고개를 옆으로 돌릴 때마다 '후읍' 공기를 들이마시며 열심히 팔을 휘젓고 발을 굴렀다. 그러나 거북이보다 느린 속도였다.

숨이 가쁜듯한 느낌에 꿈에서 깨었다. 그러곤 '수영하는 꿈'을 검색했다. 그 정보들이 얼마나 믿을 만한지 알 수 없지만 나름대로 내 꿈의 상황을 대입시켜 해석해 보았다. 꿈에서 수영을 하는 것은 앞으로 나아가는 것이기에 소망과 이상을 위해 노력하고 성취하는 꿈이라고 한다. 일단은 긍정적이다. 그러나 속도가 너무 느린 것은 나의 발전 속도가 너무 느리거나 혹은 애쓰는 것에 비해 성취가 없다는 뜻 같았다.

또 얕은 물에서 허우적거린 것은 깊이 있고 폭넓은 사유를 통한 창작을 하지 않고, 수박 겉핥기식으로 예술 하는 흉내만 내는 듯한 내 모습이 투영된 것 아닐까 하는 생각이 들었다. 그림에 대한 더디고 얄팍한 나의 사랑이 꿈에 그대로 드러난 것 같았다. 그러나 더디더라도 앞으로 나아가는 뜻일 수 있다는 데 위안 삼았다.

솔직히 요즘 인기를 끄는 스타일이나 트렌드에 맞춰 내 그림을 변화시켜야 하나 고민한 적이 있다. 인기 작가들의 그림을 참고해 비슷하게 그려 볼까도 생각했다. 그러나 그분들의 그림들을 보면 볼수록 모두 천차만별이다.

화려한 색감을 쓰는 작가, 차분하고 실제에 가까운 색을 쓰는 작가, 아기자기하게 귀여운 그림체의 작가, 사실적인 묘사와 디테일이 돋보이는 작가, 스토리텔링이 느껴지는 따스한 작가, 간결하고 차가운 느낌의 작가 등 모두 인기를 얻고 있는 작가지만 스타일이 확연히 달랐다. 도대체 뭐가 지금 시대의 트렌드인지 알 수가 없었다. 당연한 이야기다. 이 시대를 살아가는 대중, 그림을 소비하는 사람들이 단 한 가지 취향을 가졌을 리 없다. 나이도 지역도 성별도, 살아가는 환경도 다른 사람들이 모두 같은 스타일의 그림을 좋아할 리 없는 것이다.

결국 내가 그리고 싶은 그림, 나다운 그림을 그리면 된다는 것을 다시 깨달았다. 유명세를 얻기 위해 얄팍한 꼼수를 부릴 것이 아니라 마음이 가는 대로 우직하게 나아갈 때 소수라도 누군가는 내 스타일을 좋아해 주리라는 믿음을 갖는 게 더 맞는 것 같다.

호불호가 강하지 않은 예술은 다수의 사람들에게 두루두루 호감을 줄 수 있지만, 개성이 강하고 특이한 작품은 모두에게 '적당한' 사랑을 받기보다 특정 소수에게서 '아주 강한' 사랑을 받기도 한다. 확실한 팬이 있다는 것은 소수일지라도 작업을 이어나가는 힘이 된다. 그러니 이미 있는 무엇을 따라가기보다 자신만의 새로운 트렌드를 만들어 나가려는 용기와 의지가 필요하다. 그러다 보면 얕은 강이 아니라 깊고 깊은 바다에서 멋지게 수영하고 있는 나를 만날지도 모른다.

말은 이렇게 하고 있지만 속으로는 오늘도 팔로워가 줄어들지는 않았는지 전전긍긍한다. 팔로워, '좋아요' 등 숫자놀음에 놀아난다. 오늘 올린 게시물은 왜 반응이 미미한지 고민한다. '좋아요' 수가 많았던 그림들을 들춰 보며 '이런 스타일로 더 그려야 하나?' 또 다시 생각한다.

그렇다면 내 눈에 성공한 듯 보이는 인기 작가들은 마냥 행복하기만 할까? 모르긴 해도 아마 그렇지 않을 것이다. 몇 만 명의 팔로워들에게 사랑받고 다양한 작품을 선보이며 즐겁게 사는 듯 보이는 작가들도 보이지 않는 곳에서 나름의 고뇌와 고통을 겪을 것이다.

어느 수준에 도달했다고 작업을 게을리하지 않고 계속 자신의 작업 방향과 정체성을 고민하는 일상을 보낼 것이라 추측한다. 자신이 이룬 성취보다 한 단계 높은 곳을 바라보며 달리고 있을지도 모른다. 만족하는 삶이란 누구에게나 어려우니까.

언젠가 내가 꿈꾸던 기준에 도달하면 행복할까. 그때는 또 다른 고민이 있을 것이다. 분명 더 높은 곳을 갈망하거나 과거(지금 현재)를 떠올리며 '그땐 이게 좋았지' 하고 분명 좋았던 점을 찾아내서라도 그리워할 것이다.

그러니 허상뿐인 머나먼 것을 쳐다보기보다 지금 여기에서 할 수 있는 일을 하면 된다. 지금 내 위치에서만 즐길 수 있는 시간들을 놓치지 않고 마음껏 누리면 된다. 여유를 갖고 고개를 들어 천천히 별을 보자. 충분히 바라보고 느끼고 그 별이 화답할 때 스케치북을 펴 별을 그려 보자.

내가 질투하는 것

저는 뭔가 선택을 할 때 어려움에 놓이면 이런 질문을 합니다. 내가 무엇을 질투하고 있는가. 무엇을 부러워하고 있는가. 그게 제가 가장 원하고 있는 것일 확률이 높거든요.

유튜버 '이연' 님의 영상에서 들었던 말이다. 다니던 직장에서 퇴사한 후 사람들의 질문에 답을 해 주는 영상이었다. 그녀는 대우가 좋은 회사에서 디자인 일을 하고 있었지만, 친구가 디자이너로 큰 성공을 했다면 질투가 나기보다 진심으로 축하해 줄 수 있을 것 같다고 했다.

그러나 만약 친구가 어느 날 작가가 되어 성공하게 되면 너무 질투가 나서 잠이 오지 않을 것 같았단다. 그래서 자신이 좋아하고 원하는 것에 더 집중하기 위해 퇴사했다는 얘기였다.

그녀가 운영하는 '이연' 채널은 그림 그리는 영상과 그 위에 단단히 깔리는 목소리가 인상적인 채널로, 50만 구독자의 사랑과 지지를 받고 있으며 계속 성장 중이다. 멋진 그림은 물론이고, 그녀가 하는 이야기 속에 삶을 대하는 깊은 통찰이 있어 지지층이 견고하다.

하나의 선으로 시작해 그림이 완성되어 가는 과정을 보고 있으면 나도 얼른 손을 움직여 뭐라도 그리고 싶어진다. 또 거기에 더해지는 깊은 영감을 주는 이야기들은 노트에 정리해 적어둘 때도 있다. 위의 말도 듣는 순간 참 인상 깊어 노트에 적었다. 그리고 후에 찬찬히 생각해 보았다.

내가 질투하는 것은 무엇일까. 앞에서 말했던 유명세일까? 어느 날 친구가 유명해지면 부럽고 질투가 날까? 어떤 유명함인지에 따라 다를 것 같다. 갑자기 반짝 자극적인 것을 힘입은 다수의 얕은 관심은 별로 부럽지 않을 것 같다. 언제 사그라들지 모르는 부담만 있을 듯하다.

반면, 꾸준함과 선함을 토대로 한 단계씩 밟아나가 사람들의 깊이 있는 관심을 얻는 것은 부러워할 만하다. 만약 정말 그렇게 차곡차곡 노력을 쌓아 인정받은 것이라면 나도 함께 기쁠 것 같다. 축하해 줄 것 같다. 그리고 집으로 돌아와서는 '나는 왜 그렇게 못 했을까……' 하며 조금 시무룩할 수도 있겠다. 친구를 보며 '나도 언젠가는!' 하고 용기를 얻는 동시에 조바심도 날 것 같다.

평소 내가 좋아하는 그림 작가님을 떠올리며 그분의 어떤 점을 좋아하는지, 뭐가 부러운지 생각해 보았다. 팬들의 사랑, 여러 굵직한 작업들을 통해 이름을 알리고 돈을 버는 것도 부러운 점이다. 그러나 결과를 부러워하기 전에 과정을 먼저 보고 배우는 것이 지혜로운 태도다. 꾸준한 것, 자신의 작업을 긍정하는 것, 맑은 에너지, 즐거움이 느껴지는 작업 모습, 또 그런 그림을 그릴 수 있다는 것, 남들이 흉내 낼 수 없는 고유함, 계속 그림을 재밌어 하는 마음, 어떻게 그리 재밌어 할 수 있을까, 욕심이 없는 걸까? 만약 그렇다면 그림에 욕심을 안 내는 마음까지도 부럽다. 어떻게 그럴 수가 있는지 질투가 난다. 좋은 결과를 가져올 수밖에 없다는 것이 충분히 납득이 간다. 그래서 질투하지만 너무나 응원한다. 계속해서 그의 그림을 보고 싶다.

또 다른 작가님도 떠올려 볼까? 그분에게서는 작업을 대하는 진정성 있는 태도가 부럽다. 부지런히 작품들을 그리고 또 그린다. 그런 작품 속에서 느껴지는 내공이 탄탄하다. 아름다운 색들과 표현 방법, 삶과 맞닿아 있는 소재들이 사람과 작품을 하나로 보이게 한다. 느린 붓 터치 하나하나, 숨을 참아가며 그리는 밤들이 아름답다. 그림 자체를 향한 열정이 부럽다. 지치지도 않는 그리고 싶은 마음, 실행에 옮기는 모습에 질투가 난다.

여러 매체를 통해 자주 접하는 몇몇 작가를 보며 '운이 좋은가 보다, 그림 스타일이 지금 시대와 잘 맞아 인기가 있나 보다, 시대를 잘 타고 났구나' 등의 건방진 생각을 한 적이 있다. 그러나 우연히 본 인터뷰에서 생각이 바뀌었다. 아무도 몰라 줄 때부터 그림 하나만 생각하며 매일 밤을 샜던 과거 이야기를 들려주었다. 그림에 대한 열망을 이기지 못해 원래 가던 길을 멈추고 현실적인 어려움을 감내하며 그저 매일 그림만 그렸다고 했다.

시작부터 운이 좋아서, 또는 타고난 재능으로 쉽고 빠른 성취를 이뤘을 거라 막연히 생각했던 내가 부끄러웠다. 내가 그 작가들을 알게 된 시점은 이미 많은 인기를 얻은 후여서, 원래부터 남들이 우러러 보는 자리에 있었던 것처럼 여겼다.

그러나 어느 분야에 있든 모두에게 그런 시간이 있어야 하지 않을까. 자신의 공간에서 홀로 갈고 닦는 시간, 외롭게 혼자만의 싸움을 견뎌 내는 시간, 더 높이 뛰기 위해 뛰기 직전 잔뜩 몸을 움츠려야 하는 시간 말이다.

그 후부터 보이는 결과만으로 섣불리 판단하지 않기로 했다. 스포트라이트를 받는 작가의 빛나는 모습 이면에 그림을 대하는 마음과 그 과정들을 보려 한다. 아직 많은 이들에게 알려지지 않았지만 성실함과 꾸준함을 갖춘 작가들을 볼 때면 위로 뛰어 오르기 직전의 과정에 있는 것처럼 보이기도 한다.

유명해지는 것, 내 그림이 더 많은 이들에게 사랑 받는 것, 그림을 그려 돈을 버는 것, 그런 결과들을 원하고 있는 줄 알았다. 그러나 '무엇을 질투하는가'라는 질문을 던져 보니 더 중요한 것이 보였다. 나는 '꾸준히 그림을 좋아하는 마음으로 창작을 이어나가는 삶'의 과정을 원하고 있었다. 어느 지점에 도달한 순간 느끼는 일시적인 기쁨보다 지속적으로 좋아하는 것을 하며 삶을 이어나가는 그 상태, 그 연속선상에서의 소소한 일상들이 더 값지다는 생각이 든다. 결과를 손에 잡고자 할수록 불안과 좌절이 찾아온다. 그보다 과정을 잘 살아내는 하루하루를 보내다 보면 그에 따른 결과들은 자연스럽게 올 것이다.

이 책의 초반부에서 결과보다 과정을 추구하는 것에 대하여 말했다. 그림을 시작할 때 결과물에 대한 부담을 내려놓고 그리는 과정 자체를 즐기는 게 좋다는 내용이었다. 많은 고민과 무거운 열망들을 돌고 돌아 다시 '과정'을 이야기하는 나를 본다. 결국 내 마음 속 정답을 나는 처음부터 알고 있었던 것일까.

결과를 갈망하는 욕심들을 지나고 지나 다시 과정을 잘 겪어 내며 살고 싶은 마음으로 되돌아왔다. 물론 쉽지만은 않을 것이다. 이렇다 할 결과를 손에 쥔 누군가를 보면 잔잔했던 마음이 소란해질지도 모른다. 또 어쩌면 목표했던 결과를 얻는 것보다, 과정 내내 나를 잃지 않고 나답게 살아나가는 것이 더 어려울지도 모른다. 매 순간 나의 마음에 귀 기울이고 예민하게 반응해야 하며, 타인에 상관 없이 내 마음이 이끄는 방향으로 나아갈 용기가 필요하다.

쉬운 건 하나도 없다. 욕심을 내려놓고 매 순간을 즐길 수 있었으면 좋겠다. 그림을 좋아하는 마음, 창작을 향한 열정이 자연스럽게 피어오르기를 바란다. 그림을 늘 진심으로 대하고 싶다. 이러한 모습으로 이미 살아가고 있는 이 시대의 멋진 작가들을 질투하고 또 응원하련다.

우리는 이미 작가

책을 즐겨 읽는 아이는 아니었지만 서점이나 도서관이라는 장소는 좋아했다. 책장에 쪼르르 꽂혀 있는 수많은 책들을 훑어보며 제목과 작가의 이름을 읽었다. 책 내용을 읽는 시간보다 제목을 구경하는 시간을 더 좋아했다. 제목과 차례, 작가 소개만으로 어떤 내용일까 상상해 보았다 (내 예상이 적중했는지 확인해 보는 일은 많지 않았지만).

일주일이라는 기간 안에 대출해 온 책을 다 읽는 일은 드물었다. 책의 초중반까지 읽다가 반납 일이 다가오면 마치 책을 다 읽은 척 미련 없이 반납했다. 그리고 또 새로운 책을 향해 책장들 사이 좁은 통로를 걸었다. 읽지도 않을 책을 빌리고 반납하며 도서관을 들락날락하는, 일종의 의식 같은 행동을 반복하던 학창 시절이었다. 끝까지 읽지 않아도 가방 속에, 책상 서랍에 책 한 권 들어 있다는 게 괜히 든든했다.

이후에는 전시회에 가는 것을 즐겼다. 고전 미술부터 현대 미술까지 가리지 않았고, 특별 전시도 빼먹지 않고 찾아가곤 했다. 한번은 국립현대미술관에서 상설 전시와 특별 전시의 방대한 양을 꼼꼼히 관람하느라 대여섯 시간 동안 서 있어서 돌아올 때 녹초가 된 적도 있다. 전시장을 가득 메웠던, 지금은 기억나지 않는 수많은 작가들과, 책장 가득

셀 수 없이 많은 책의 작가들. 알게 모르게 내게 영향을 준 그들은 지금 다 어디에서 뭘 하고 있을까.

어느 날 인스타그램 게시물에 댓글이 달렸다.

"그림이 너무 예뻐요, 작가님!"

'작가님'이라는 호칭을 처음 들어서 당혹스러웠다. 작가님이라니! 뭔가 오글거렸다. 브런치 작가로 활동한 지는 꽤 되었지만 스스로를 진짜 '작가'라고 생각해 본 적은 없었다. 나는 작가인가 아닌가 생각이 많아졌다. 나는 작가가 아니라고 해명이라도 해야 하나? 음, 그런데 거의 매일 그림을 그려 작품을 업로드하고 있으니까 작가가 아닌 건 아니지 않을까? 나는 작가인가? 취미로 그림을 시작했는데 언제부터 작가가 되었다고 할 수 있을까. 취미로 그리는 사람은 아직 작가가 아니고 업으로 하면 작가인가? 그림을 통해 수익을 얻으면 작가인가? 아니면 그림 실력이 높고 개성이 있으면 작가인가? 꾸준히 작품 활동을 하면 작가인가? 이 사람은 작가, 저 사람은 아직 아니라고 공인 받을 수 있는 기관이 있는 것도 아니고 말이지. 누가 판단할 수 있을까.'

글 분야에서는 '등단 작가'라는 타이틀이 확연히 있는 것으로 안다. 하지만 그것도 옛날 얘기지, 요즘은 '브런치'와 같은 글쓰기 플랫폼에 글을 쓰며 활동하는 사람들이 굉장히 많다. 기성 출판사 대신 스스로 독립 출판을 하는 이들도 많고 개인 SNS를 활용하는 사람들도 적지 않다. 오히려 등단하지 않았어도 작가인 사람들이 훨씬 많은 것 같다. 책을 출판한 적은 없지만 늘 성실히 글을 쓰는 사람에게 어느 누가 '넌 아직 작가가 아니야'라고 말할 수 있을까.

처음에는 작가라 불리는 것에 부담이 느껴지기도 했다. 가볍게 그리면 안 될 것 같고, 한 장을 그려도 깊은 작가 정신을 가져야 할 것 같았다. 하지만 요즘은 부담 없이, 조금은 뻔뻔하게 받아들이고 있다. 나는 작가가 맞다고.

내가 표현하고 싶은 것들을 표현하고 있는데 군이 작가는 아니라고 부인하는 것도 이상하다. 특별한 자격이 있어야만 작가가 되는 것도 아니니 말이다. 내가 하고 있는 행위들이 작가라 하기에는 좀 부족한 듯하지만, 익숙해지니 점점 자연스럽게 느껴졌다. 나 또한 그림 작품을 열심히 업로드하는 누구에게나 '작가님'이라고 부른다. 창작 활동을 하는 이상 당신은 이미 작가가 맞다고 적극적으로 인정해 주고 싶은 마음이 든다.

더 넓게 보자면 꼭 글이나 그림이 아니어도 자신의 일상을 사진으로 찍든, 일기 글을 쓰든 삶을 기록하는 모든 행위가 의미가 있다. 우리는 모두 자신의 삶을 원하는 방향으로 가꾸어 나가는 중에 있다. 각자 타인과 다른 생각, 취향, 개성을 가지고 있고, 자신이 좋아하는 것을 찾아 향유한다. 책을 읽고, 요리를 하고, 좋은 사람을 만나는 등 많은 행위를 통해 자신만의 고유함을 찾고자 한다.

또 찾은 것을 표현하고자 한다. 그런 과정 자체가 예술 과정과 멀지 않다. 삶을 잘 살아내고자 하는, 세상에 자신의 흔적을 아름답게 남기고자 하는 모두는 이미 자신의 삶을 써내려가는 작가가 아닌가.

예술도, 삶도 정답이 정해져 있지 않다. 완성 지점도 없다. 숨이 끊어지지 않는 한 언제나 각자의 완성을 향해 달려갈 뿐이며 그 상태가 계속된다. 완성되었다고 자만할 때 위기가 찾아오기도 하고, 미완성의 상태를 받아들이고 겸손하게 노력할 때 새로운 출발점이 찾아오기도 한다.

박막례 할머니가 유튜버로 많은 사랑을 받는 것을 보는 것만으로 감동적이고 용기가 되는 것을 경험했다. 박완서 소설가는 마흔이라는 나이에 등단해 수많은 작품을 남겼다. 가수 이효리는 화려했던 이십 대 시절이 인생의 정점처럼 보였지만 오히려 이후에 사람들에게 울림을 주는 행보를 보였고, 최근에도 방송을 통해 과거 못지않은 사랑을 받고 있다. 어디 유명인들뿐일까. 이름도 모르는 수많은 우리 이웃들의 삶 또한 다양하다.

정답도 없고 완성도 없기에 삶이 재미있다. 내 삶이 내겐 정답이었다고 먼 훗날 증명할 수 있길 바란다. 그렇게 삶을 살아나가면 내 그림에도 그런 마음이 자연스레 깃들게 될 것이다. 좋은 그림을 그리려면 좋은 삶을 살아야 한다. 서른 중반이면 아직 살 날이 더 많이 남았다. 75세에 그림을 그리기 시작한 '모지스 할머니'도 있는데 조급할 게 뭐가 있겠는가. 내 삶을 그려나갈 시간은 아직도 충분히 많이 남아 있다.

앞으로 몇 십 년은 더 그림을 그릴 수 있다고 생각하니 새삼 설렌다. 왜 코앞의 일들만 보며 전전긍긍했을까. 지금은 감히 상상할 수도 없는 나이의 나는 어떤 모습일까, 어떤 그림을 그리고 있을까. 그때도 새로운 재료와 소재들에 도전하고 있을까? 지금과는 확연히 다른 스타일의 그림을 그리고 있을까? 글쎄, 어떤 모습이든 '나다움'이 더 짙어진 모습이겠지.

예전에는 잎들이 돋기 시작하는 봄의 어린 연둣빛을 참 좋아했다. 여름의 팔팔한 초록도 참 예뻤다. 그런데 언젠가부터 여름에서 가을로 넘어갈 때 채도가 낮아진 초록이

참 깊어 보이기 시작했다. 절정을 지나 시들해진 게 아니라 더욱 깊어진 빛깔로 그 계절의 분위기를 한껏 뿜어내고 있는 듯 보였다. 그 나무들을 보면서 가을처럼 늙고 싶다는 생각을 했다. 단지 젊음을 잃은 모습이 아니라 더 성숙하고 깊이 있는 모습으로. 나의 그림 또한 가을처럼 무르익어 가면 좋겠다.

시간은 빠르게 흘러가지만 나는 더디더라도 계속해서 내 삶을 써내려 갈 것이다. 내 삶이 배어 있는 그림들을 그리며 살다 보면 작가라는 말에 더욱 걸맞은 모습이 되어 있을 것이다. 세상의 모든 작가들도 그러길, 마음으로 응원한다.

아무것도 안 되어도 괜찮아

'얼른 내 그림이 빛나는 자리에 있었으면' 하는 열망으로 마음이 무거울 때는, 그림을 그리지 않으면 나라는 존재가 흐려질 것 같은 불안을 느꼈다. 그림이 만족스러운 날에는 100%의 내가 살고 있는 듯하다가, 그렇지 못한 날이면 80%, 70%로 점점 내 불투명도가 낮아지는 것만 같았다. 내가 0%의 투명 인간이 되어도 세상 아무도 모르는 것 아닐까, 내가 잊혀지는 건 아닐까 하는 불안감에 꾸역꾸역 그림을 그리는 날도 있었다.

실제로 며칠째 한 장도 그리지 못해 괴로운 날에도 세상은 너무나 잘 돌아가고 아무도 나를 궁금해 하지 않았다. 내가 그림만 그리지 않았을 뿐 세상 모든 것이 그대로다. 내가 그림을 못 그려 괴롭다는 것은 나 빼고 아무도 모른다. 나만 끙끙거릴 뿐이니 극복하는 것도 나만이 할 수 있다.

방탄소년단의 몇 년 전 영상을 최근에 보았다. 한 스텝이 리더인 RM에게 "RM이 망한다고 김남준(RM의 본명)이 망하는 건 아니다"라는 말을 해 주었다고 한다. 멤버 슈가도 비슷한 마음을 말하며 가수로서의 자신과 평범한 한 인간으로서의 자신을 분리시켜 생각하려고 하지만 쉽지 않다는 의미의 말을 했다. 가수, 아이돌 그룹, 아티스트로서 이미 많은 성취를 이루었던 시기의 영상이었다.

그래서 더욱 앞으로를 고민하고 불안함을 느끼는 마음을 인정하면서, 그 위치에서 필요한 마음가짐에 대해 서로 터놓고 대화하는 모습이 인상적이었다. 너무 높은 곳에 서 있어 불안한 그들과 그 반대인 나를 비교할 건 아니지만 분리가 필요하다는 생각에는 공감했다.

자신의 일과 자신을 분리해 생각하는 것은 참 어렵다. 예전에 직장 생활을 할 때도 그 직업이 곧 나인 것처럼 느껴져 힘들었다. 분리시켜 생각할 줄을 몰랐다. 직장에서 요구되는 인간상에 나를 끼워 맞춰야 한다고 생각했고, 기준에 부합하지 않을 때 나라는 인간이 모자란 인간처럼 여겨져 괴로웠다.

직장에서의 괴로움은 직장에서 끝나지 않고 일상에도 영향을 미쳤다. 그 결과 자존감이 많이 낮아졌고 우울했다. 직장인인 나와 자연인인 나를 지혜롭게 분리시켜 지내는 방법을 알았더라면 훨씬 덜 힘들었을 것이다. 일반 직장도 그러할진대 예술가들은 어떨까. 자신이 마음을 담아 작업하는 글과 미술, 음악, 무용 등 예술 활동 속의 자신과 자아를 분리해 생각할 수 있을까?

나 역시 '그림을 그리는 나'와 '한 인간인 나'를 동일시했기에 그림을 그리지 않으면 내 존재의 당위성까지 의심하기도 했다. 이는 회사 조직 안에서 역할을 담당하는 것과는 조금 다르다. 회사는 빈자리가 생겨도 곧 새로운 사람으로 채워지고 조직은 얼추 비슷하게 돌아간다.

그러나 예술가의 경우, 내가 없으면 나의 예술은 더 이상 세상에 없다. 예술가는 대체 불가능한 무언가를 구축하기 위해 사는 사람이다. 그렇게 깊은 마음을 담은 예술 세계 속의 자신을 분리시켜 생각할 수 있을까. 하지만 지나친 집착으로 불안하기까지 하다면 조금 거리를 두는 것도 나쁘지 않다. 불안을 억지로 끌어안기보다 조금씩 떨쳐내며 나아가는 게 더 오랜 시간, 더 멀리 달릴 수 있는 방법이다.

그림을 그리지 않으면 나는 가치 없는 사람이 되는 걸까? 만약 그림을 못 그리게 되는 상황이 온다면 나는 죽을 만큼 힘들까? 그림을 시작하기 전의 나는 어땠을까. 그림을 계속 그릴 수 있으면 좋겠지만 만약 그렇지 않더라도 내가 쓸모 없는 존재가 되는 건 아니다. 그림이 없어도 나는 한 인간으로 나름의 시간을 보낼 것이며, 그 자체로 존재 가치가 있다.

내 그림이 많은 이들에게 사랑 받지 못하더라도 나라는 인간까지 사랑 받을 자격이 없는 건 아니다. 그림만이 내 인생의 백 퍼센트를 차지하는 건 아니니까. 그림 말고도 소중한 것들이 내게 있고 내 몫의 역할이 분명히 있다. 그러니 그림이 나의 전부인 양 집착하지 말고 욕심을 내려놓고 조금 먼발치에서 보는 연습도 해봐야겠다.

그림을 수단 삼아 내 가치를 인정받고 싶었는지 되돌아본다. 나의 가치는 스스로의 인식이 가장 중요하다. 다른 누군가 인정하고 인정하지 않고의 문제가 아니다. 그림을 수단으로 생각하는 것에 대해 어느 작가님의 인터뷰가 기억에 오래 남는다.

저에게 그림은 수단이 아닌, 태어날 때부터 함께 한 삶의 목적 그 자체입니다. 만약 그림이 수단이 되면 지속성이 없어집니다. 그래서 제자들에게도 그림을 수단으로 하지 말고 목적으로 삼으라고 강조합니다. 22년간 학생들을 가르치면서 그림을 순수하게 목적으로 시작했다가 수단으로 바꾸는 미술 학도를 99.9% 가깝게 목격했습니다. 결국, 그들 모두 중도에 포기하고 사라졌습니다.

- 킬드런(kildren) 작가, 네이버 디자인 인터뷰 중

그림을 통해 유명해지고 싶은 마음, 돈을 벌고 싶었던 마음, 그림을 수단 삼아 나의 존재 가치를 증명 받고 싶던

모든 마음이 부끄러워지는 말이다. 나도 처음에는 그리고 싶은 순수한 마음으로, 그저 그리는 행위를 위한 그림을 그렸던 것 같은데 왜, 언제 바뀌어 버린 걸까. 아마 사람들의 관심을 갈구하면서부터인 것 같다.

침대에 누워 오랜만에 예전에 그렸던 그림들을 들춰보았다. 지금과 분위기가 다른, 왠지 부끄러워 SNS에 비공개로 바꿔 놓았던 그림들을 다시 보았다. 열심히 그려 놓고 왜 비공개로 바꾸었나 싶은 그림들이 꽤 있었다. 그리고 지금보다 훨씬 표현과 소재들이 자유롭게 느껴졌다. '자유롭게 그리고 싶다'는 생각을 자주 했는데 알고 보니 예전보다 훨씬 더 틀에 갇혀 그리고 있었다는 걸 깨달았다.

아무 욕심도 없이 그리던 예전이 그리웠다. 팔로워도 없고 좋아요 수도 열 몇 개가 고작이었지만 즐겁기만 했다. 그때는 가벼운 마음으로 그림과 적당한 거리를 두고 그리고 싶으면 그리고, 그리고 싶은 마음이 들지 않으면 그냥 며칠 씩 그리지 않았다. 그래도 전혀 불안하지 않았고 오랜만에 그려서 더 신나고 재밌게 그렸다.

다시 그때로 돌아갈 수 있을까. 욕심을 버리고 나의 그림에게 자유를 다시 찾아 줄 수 있을까. 지나치게 집착하며 일거수일투족을 감시하던 연인에게서 한 발짝 물러나, 자유를 주고 네가 하고 싶은 대로 해 보라고 하면 어떨까. 늘 내가 먼저 찾는 관계에서 벗어나 연인이 곁에 없어도 잘 지내는 내가 되면, 어느 순간 상대가 먼저 나를 찾지 않을까.

그림이 먼저 내게 다가올 여유를 주어야겠다. 늘 그림 코앞에 찾아가 문을 두드리며 안달해 왔다면 이제는 자연스레 문을 열고나올 때까지 기다려 봐야겠다. 또 자유의 길을 터주면 나도 몰랐던 내 그림의 새로운 모습을 발견하게 될지도 모르겠다.

삶의 동반자와도 같은 그림에게 많은 짐을 지워 왔던 것 같다. 떳떳한 작가가 되어야 한다고, 좋은 작품들을 매일 그려내 유명해져야 한다고, 그래서 돈도 벌어 오라고. 그러는 사이 나도 그림도 지쳐갔다. 작가라 불리든 아니든 뭐가 중요한가. 봐 주는 이가 없어도 그리는 모든 과정 속에 반짝거리는 내가 있다면 된 것 아닌가. 선 하나에 즐겁고 충만했던 처음으로 돌아가 그리고 싶다.

'내 그림아, 짐 지워서 미안해. 그저 거기 있어 줘. 아무것도 안 되어도 괜찮아.'

저와 같은 길을 가려는 이들을 응원합니다

밖이 깜깜한 여섯 시부터 책상 앞에 앉았는데 하얀 화면만 하염없이 보고 있었네. 날이 밝아 오도록. 공기가 많이 차다.

그림을 그리면서도 늘 글을 쓰고 싶다는 열망이 한편에 자리하고 있었다. '아, 글을 써야 하는데……' 하는 알 수 없는 부채감이 마음속에 있었달까. 그러나 진득하고 성실히 의자에 앉아 있어야 쓸 수 있는 글이 늘 어려웠고 잠깐 쓰다말다 하곤 말았다. 글은 이만 미련을 버리고 그림에나 집중하자 마음먹고 글을 내려 놓았을 때 갑자기 글 쓸 일이 생겼다.

"드로잉 책 한 번 써 보실래요?"

덜컥 출간 제의를 수락해 버렸다. 그리고 두 달 째. 맞는 방향으로 잘 가고 있는 걸까?

- 2020. 12. 24 아침 일기

스무 개 남짓의 글을 쓸 때마다 늘 첫 문장을 내딛는 게 가장 어려웠습니다. 커서가 깜빡이는 하얗고 빈 화면은 그림을 그리기 전 마주하는 빈 종이와 비슷했습니다.

'내가 좋아하는 것들'이란 제목에 맞는 내용을 썼는가 하는 의문이 듭니다. 순수하게 좋아하는 마음보다는 오히려 좋아함을 넘어선 고민과 갈등들을 토로하는 글을 쓰지 않았나 싶어 걱정이 됩니다. 차라리 '내가 고뇌하는 것들'이란 제목이 더 어울리는 글을 쓰고 말았습니다. 누군가를 편안히 해주거나 포근히 위로해 줄 수 있는 글은 아닌 것 같습니다. 그럼에도 불구하고 마지막까지 읽어 주신 당신께 감사합니다.

그림을 그린 지 얼마 되지 않은 내가 이런 이야기를 해도 될까, 무슨 예술을 한답시고 나중에 돌아봤을 때 부끄러운 글이 되지는 않을까, 이런 염려들을 순간순간 이겨 내야 했습니다. 모두에게 떳떳한 글을 써야 한다는 부담감을 버리고 한 구절이라도, 한 명이라도 제 이야기에 공감할 수 있기를 바랐습니다.

글에 코를 박고 있으면 지금 내가 무슨 얘기를 하고 있는 건지 잊고 자주 길을 잃었습니다. 그럴 때는 멈추고 먼 풍경을 응시하거나 그림을 그렸습니다. 그림 세계와 글 세계는 비슷한 듯해도 달라서 그림 한 장을 완성하고 다시 쓰던 글을 보면 새로운 세계에 온 듯 잠깐은 낯설었습니다. 조금 떨어져 있다 다시 보면 어디에서 어떻게 길을 잃었는지, 어디로 가야 할지 보였습니다. 그렇게 몇 달은 그림과 글이 서로 좋은 친구로 지냈습니다.

할 수 있다면 더 순수하게 좋아하는 마음으로 그림을 대하고 싶습니다만 늘 욕심이 지나칩니다. 그나마 이 책을 쓰며 제 그림의 '처음' 순간들을 다시 떠올리고 돌아볼 수 있어 좋았습니다. 처음의 서툼과 설렘의 순간들이 아주 소중한 시간이었음을 깨달았습니다.

어렴풋이 갖고 있던 생각, 모호한 마음들이 글을 쓰는 동안 많이 선명해졌습니다. 부족한 자신을 더 적나라하게 들여다보았고 그래서, 거기에 머물러 있고 싶지 않은 마음을 보았습니다. '언젠가는'이라는 막연한 단어를 힘입어 여러 다짐들을 늘어놓았는데요, 결국 마지막에는 그림에게, 또 스스로에게 '다 괜찮다'고 말해 주었네요.

다 괜찮습니다. 다 괜찮은 것일 겁니다. 고민하고 갈등하고, 못난 내 모습을 마주하는 과정에 있는 모두는 이미 많이 애쓰고 있는 것일 테니까요. 멈춰 있는 듯 보여도 다음날 아침 새 봉오리가 맺혀 있는 꽃처럼 애쓰는 우리 모두는 꽃을 피워 가는 중일 것입니다. 저와 같은 길을 가려는 사람들, 오늘도 홀로 나름의 창작을 이어나가고 있는 작가들을 응원합니다. 그들을 응원하는 마음이 드는 것은 곧 내가 나 자신을 응원해 주고 싶은 것이기도 하겠죠.

책에 쓴 모든 문장들이 단지 머리로 지어낸 빈 말이 아니라 정말 가슴에서 우러나온 진심이었길 바라는 마음입니다. 겉으로 번지르르해 보이기 위한 궁색한 노력들은 이제 지켜워요. 그냥 있는 그대로의 나로 살아도 괜찮다는 걸 알고 싶어요. 언제나 내 진심을 꾸밈없이 표현하며 살고 싶습니다. 내가 나의 주인이 되어. 이 책이 궁색한 빈껍데기 책이 되지 않으려면 이제부터의 내가 더욱 중요하겠죠. 잘 살아야 하는 이유가 하나 더 생겼습니다.

책은 마무리를 맺지만 앞으로의 시간은 계속 이어질 거예요. 책에 쓴 마음들을 고이 간직하면서, 여전히 그림을 그리면서 그렇게 살아갈 것입니다. 아침에 '오늘은 또 어떤 그림을 그려 볼까!' 하는 마음에 설레며 눈을 뜨던 날들이 있었는데요, 거짓말처럼 그런 날들이 다시 이어지길 기대합니다.

그럼 전 이만 그림 그리러 갈게요. 안녕.

내가 좋아하는 것들, 드로잉

초판 1쇄 발행 | 2021년 5월 9일

지은이	황수연
펴낸이	이정하
교정교열	정인숙
디자인	김수정

펴낸곳	스토리닷
주소	서울시 서초구 방배동 934-3 203호
전화	010-8936-6618
팩스	0505-116-6618
ISBN	979-11-88613-20-5 (03810)

홈페이지	http://blog.naver.com/storydot
SNS	www.facebook.com/storydot12
전자우편	storydot@naver.com
출판등록	2013. 09. 12 제2013-000162

스토리닷은 독자 여러분과 함께합니다.
책에 대한 의견이나 출간에 관심 있으신 분은 언제라도 연락주세요. 반갑게 맞이하겠습니다.